NARRATIVE

Giovanni Grasso

Il segreto del tenente Giardina

Rizzoli

Pubblicato per

Rizzoli

da Mondadori Libri S.p.A.

ISBN 978-88-17-17976-8

Prima edizione: maggio 2023

Il segreto del tenente Giardina

Alla cara memoria dei miei genitori,
Liliana e Saro

È morto! Povero ragazzo! È morto! Oh, che cosa!
Ma che morto! Finzione! Finzione! Non ci creda!
Finzione? Realtà! Realtà! È morto!
No! Finzione! Finzione!
Ma che finzione! Realtà, realtà, signori! Realtà!
Finzione! Realtà! Andate al diavolo tutti quanti!
Luce! Luce! Luce!

Luigi Pirandello, *Sei personaggi in cerca di autore*

Zona di guerra, 5 maggio 1916

Siamo arrivati, dopo una marcia di sette ore da Agordo, al Passo San Pellegrino, a 1918 metri di quota. Pare sia questa la nostra destinazione finale: da domani dovremo cominciare, aiutati da una compagnia di zappatori, a rafforzare le posizioni e a sistemare le strade, in attesa di ordini. Al mio battaglione, il 1°, è stata affidata la difesa del Passo, dove c'è un vecchio ospizio di pietra scura, che diventerà la sede del comando. Il 3° è stato spedito lontano, al Passo di Valles, al di là del gruppo di Lusia. Il 2° battaglione, infine, è dislocato sotto di noi, in una località chiamata – chissà perché – «Zingari bassi». Proprio qui, prima della guerra, passava il confine tra Italia e Austria-Ungheria. L'altro reggimento, il 216°, è rimasto per ora ad Agordo, a disposizione del comando di Armata.

La marcia, nonostante il notevole dislivello, non è stata faticosa. Si è svolta prevalentemente all'ombra, nel bosco. E i nostri zaini sono stati portati su da carretti tirati da cavalli e muli. Tanto è bastato per far provare agli uomini un indicibile senso di contentezza: «Non si muore di caldo, non ci sono zanzare, si viaggia leggeri». Quanto poco ci vuole per essere felici!

Basta accontentarsi di quello che offre l'oggi, senza pensare a come sarà il domani.

Conforta il nostro precario ottimismo la tanta, troppa neve che ci circonda: allontana da noi la prospettiva dell'attacco frontale – così caro al generale Cadorna – e stende un velo bianco di inconsapevolezza sul nostro destino imminente. Gli uomini, che si sono appena accampati, hanno il morale alto, canticchiano, parlottano tra di loro delle fidanzate e delle famiglie. L'aspirante ufficiale di Perugia, Marco Lupattelli, volontario, interventista della prima ora, arringa una piccola folla di soldati con discorsi patriottici. Sta dicendo che l'Impero austroungarico è in via di disfacimento e che sotto la guida esperta e paterna del generale Cadorna la guerra finirà molto presto – tre o quattro mesi al massimo – con una grande vittoria per l'Italia. Speriamo abbia ragione lui.

La natura e le montagne che ci circondano sono bellissime. Un bravo fante, Angelo mi pare che si chiami, che viene da un paesello in provincia di Salerno – nella vita civile fa il sarto – mi ha appena detto, estasiato: «Sono alte almeno il doppio, forse il triplo, delle nostre». Poverino, finora non era mai uscito dalla sua zona di origine.

Al tramonto le cime si sono tinte di rosa acceso. La maestosa mole del Civetta, alle nostre spalle, sembra un tizzone incandescente. Qui regna una quiete soprannaturale. Il cielo stellato sopra le nostre teste, la luna che si rispecchia nella neve, gli uccellini che cantano, lo scorrere del ruscello che li accompagna, l'erba profumata, l'aria fresca e pulita… Tutto inneggia alla vita e alla pace. E, invece, siamo in zona di guerra.

Luce

«Gérard, *mon amour*, scusa se ti chiamo sul cellulare…»

«*Ma chère*, sono in riunione con dei clienti, un attimo e mi sposto.»

Dopo qualche secondo la voce da baritono di Gérard tornò a farsi sentire. Il tono era, al solito, premuroso e gentile, ma vagamente seccato: «Eccomi, Luce…».

«Non ti avrei mai disturbato, ma volevo dirti che mi ha appena chiamato mia sorella. La nonna è morta stanotte.»

«Mi dispiace, *mon coeur*…»

«Be', aveva novantasei anni. Dovevamo aspettarcelo prima o poi. Volevo avvisarti che tra due ore prendo l'aereo per Roma.»

Dall'altra parte si percepì un silenzioso imbarazzo.

Luce intuì immediatamente: «Non ti preoccupare Gérard, starò via quattro o cinque giorni al massimo, il tempo del funerale e delle pratiche legali. La nostra fuga ai Caraibi non è a assolutamente a rischio».

Dell'intera questione a Gérard, per come Luce aveva imparato a conoscerlo, interessava solo quest'ultimo aspetto. Del resto, lui nonna Antonietta, detta Nietta, non l'aveva mai conosciuta. Non era tanto questa larvata indifferenza, per molti aspetti comprensibile, che le dava un po' sui nervi, quanto il tono falsamente compassionevole che stava assumendo. Eppure gli aveva parlato mille volte di quanto nonna Nietta fosse stata importante per lei. Le aveva fatto da madre. Così come nonno Aldo, il marito, da padre. A lei e a sua sorella.

Gérard era sicuramente simpatico, intelligente e persino affascinante. Ma quando entravano in gioco sentimenti di una certa complessità, si disse Luce, era assolutamente scontato e prevedibile.

Le successive parole di Gérard confermarono, una volta di più, il suo giudizio: «Mi dispiace molto per tua nonna e per te, so quanto eri legata a lei... Se non ci fosse stato questo progetto da chiudere con gli arabi, ti avrei accompagnata a Roma. Chiamami appena arrivi e salutami Nora, è tanto che non la vedo...».

Nora e Luce erano gemelle, anche se nessuno lo avrebbe mai sospettato. Bionda con occhi di un azzurro un po' spento la prima, bruna, con occhi scuri e vivaci la seconda. La differenza fisica accompagnava di pari passo quella di carattere. Nora aveva avuto nella vita un solo sogno: quello di un matrimonio felice e tranquillo. La famiglia e la serenità che né lei né la gemella avevano mai avuto da ragazze. Si era sposata con Mario, un compagno di classe con cui stava insieme dal liceo, e i due non si erano mai allontanati da Tivoli, dove vivevano a pochi passi dalla casa dei nonni. Avevano due figli, Giuseppe e Carlo, di quattordici e dodici anni. Era titolare, con il marito, di una piccola impresa di ristrutturazioni edili, ma l'attività principale era la gestione di un dignitoso, essenziale albergo a due stelle, senza ristorante, nei pressi del grande parcheggio sempre affollato di pullman che vomitavano, ogni giorno, torme di turisti low cost, in canottiera e Birkenstock, decisi a invadere e conquistare la vicina Villa Adriana.

Indipendente e ambiziosa, Lucia, conosciuta da tutti come Luce, appena le si era presentata l'occasione, aveva invece abbandonato la cittadina alle porte di Roma dove, dopo la morte precoce della madre e il secondo matrimonio del padre, aveva vissuto l'adolescenza insieme con la sorella.

All'età di tredici anni, infatti, le due ragazze, dopo violente e continue liti con la matrigna, avevano deciso di comune accordo con il padre, troppo debole per imporsi con la nuova compagna, di trasferirsi dai nonni materni.

Compiuti i diciotto anni, Luce aveva iniziato a fare su e giù con il treno per Roma, dove era riuscita a laurearsi, in corso e con lode, in architettura. Poi si era trasferita nella Capitale, condividendo con un paio di ragazze un appartamento nel popolare e un po' malfamato quartiere del Pigneto, destinato con gli anni a diventare un rione multietnico molto trendy. Per pagarsi da vivere aveva fatto la barista, la babysitter, la commessa in un negozio di mobili, l'arredatrice e finalmente la svolta: a trentacinque anni era entrata nello studio di Max Pesci, un notissimo archistar romano. Un uomo a tratti burbero, ma dal cuore d'oro, che l'aveva subito notata per capacità e per caparbietà.

Ecco, se c'era un elemento, uno solo, che accomunava le due sorelle, era proprio la caparbietà. La testardaggine con cui la prima aveva coltivato il sogno di un'esistenza piccolo-borghese e l'altra il desiderio, totalmente opposto, di fuga da quel mondo di provincia, senza stimoli e senza prospettive.

«Sai che cosa mi piace di te?» aveva detto una volta a Luce l'archistar.

«Non dirmi le tette. Sarebbe, oltre che banale, una molestia passibile di denuncia penale…» aveva replicato lei, ridendo.

A Max piaceva scherzare.

«Le tue tette sono fuori discussione, ma ora stiamo parlando di lavoro, di carriera, di talento.»

«E, allora, maestro, dimmi. Sono tutta orecchie…»

A Max piaceva sentirsi chiamare maestro. E, a dire il vero, quel titolo onorifico se lo meritava tutto.

«La tua tigna… Ti porterà lontano.»

La «tigna» – o, a dire il vero, la sincera considerazione che l'archistar provava per lei – l'aveva intanto portata, quattro anni dopo, a Parigi, presso lo studio di Max, mille metri quadri da sogno nei pressi di Place des Vosges. Lì aveva conosciuto Gérard, un collega di cinque anni più grande. Era stato fatale, dividendo la stessa stanza, lavorando agli stessi progetti, frequentarsi, andare a pranzo insieme, poi a cena e infine a letto. Luce si era spesso domandata se quello che provava per Gérard fosse amore vero, ma aveva concluso che la questione non le interessava più di tanto. Stava bene con lui, si sentiva rassicurata e protetta. Ed era senza dubbio la relazione più stabile e appagante che avesse mai intrecciato, dopo anni di precarietà lavorativa e sentimentale.

Mentre Luce si stava recando in taxi in aeroporto, sul cellulare apparve un messaggio di Nora: «*Sorellina, fammi sapere a che ora arrivi, che io e Mario veniamo a prenderti a Fiumicino. Ci saranno anche i ragazzi*».

Lei sorrise con indulgenza, non era più abituata a tanta premura. Dopo parecchi anni passati all'estero, in un ambiente internazionale, trovava bizzarro che solo in Italia, unico tra i Paesi sviluppati, un evento banale come l'arrivo in aeroporto o in stazione postulasse, da parte dei parenti, un festoso comitato di accoglienza.

«*Non vi preoccupate. Ho già preso in affitto un'automobile, ci vediamo direttamente da nonna Nietta*» rispose.

Leggendo sul display il nome dell'adorata nonnina, le si inumidirono gli occhi.

Passo San Pellegrino, 8 maggio 1916

Siamo accampati da giorni in trincee umide e fangose per via della neve che si scioglie lentamente. Dal comando di Divisione nulla trapela. Ma il capitano della mia compagnia, Ughetto Ghezzi, che ne sa sempre una più del diavolo, mi ha portato fuori dalla baracca, ha tracciato con la mano una linea sopra la nostra testa e mi ha sussurrato all'orecchio che su quelle montagne scure, a poche centinaia di metri di dislivello da noi, c'è il nemico. Non «i nemici», singole persone con le loro storie e il loro vissuto, ma «il nemico»: questa entità informe, indefinita, declinata al singolare, in modo da spogliarla da ogni attributo umano. Non deve essere facile uccidere un uomo, uno della stessa specie. Uno che ha i tuoi stessi occhi, il tuo cuore, i tuoi sentimenti, i figli che somigliano ai tuoi, la madre che lo ha partorito con le stesse doglie e lo stesso affanno della tua. Le madri, sotto ogni latitudine, partoriscono allo stesso modo. Disumanizzare il nemico, negargli le tue stesse caratteristiche, è il primo passo che porta alla sua uccisione.

Io non ho mai ammazzato un animale, figuriamoci un uomo. Ma, temo, succederà presto.

Con uno strano sorriso, beffardo e insieme compassionevole, Ghezzi mi ha appena detto: «Ho parlato con i colleghi della brigata Calabria. Stanno qui dall'inizio della guerra. Non è l'inferno del Carso, ma nemmeno il paradiso che sembra. Tempo qualche giorno e avremo anche noi il battesimo del fuoco, ci manderanno a combattere e a morire».

Penso che questo luogo così bello, così incantato, per molti di quei ragazzi che ora cantano e parlano al chiarore delle stelle, potrà diventare la loro tomba. E forse anche la mia…

Un fiore sulla tomba

Il corpo minuscolo di nonna Nietta sembrava ancora più piccolo, composto sul grande letto, circondato da un paio di candelabri e alcuni mazzi di fiori. Tra le mani, pallide e ossute, un vecchio rosario di madreperla bianca. Due comari vestite di nero, in preghiera accanto al feretro, scattarono in piedi all'ingresso di Luce e, con grandi inchini, chiamandola "architetta", la invitarono a sedersi al loro posto. Il solo fatto che provenisse da Parigi le dava, in quell'ambiente semplice, un'aura di autorevolezza e di mistero.

Luce, accompagnata da Nora, avrebbe invece voluto rimanere in piedi, in disparte, in fondo alla stanza. Quella scena, la camera ardente, quell'odore penetrante di lilium e di cera le rammentavano l'impatto, vissuto tanti anni prima, con la salma di sua madre, irriconoscibile, distesa nella bara. Era stata lei a insistere, con il padre, per vederla; a differenza di sua sorella che se ne guardò bene. Una decisione, quella di Luce, dettata insieme dalla forza della disperazione e da un'infantile spavalderia, che avrebbe pagato cara per tutta la vita. Per quella volta almeno avrebbe dovuto dar retta al padre, risparmiandosi un trauma e incubi notturni ricorrenti.

L'insistenza con cui le due beghine invitavano lei e la sorella a sedersi, la convinse ad accettare. Sarebbe stato scortese verso di loro. In qualche modo anche nei confronti della nonna, poiché Luce e Nora erano in definitiva i parenti più stretti. E alle due nipoti, giustamente, spettavano i posti d'onore.

Seduta sulla sedia accanto al corpo immobile della nonna, Luce si chinò in avanti, incrociando le dita. Non stava pregando, era da anni che non lo faceva e – per questo e per altri mille motivi – le sarebbe parso ridicolo o, peggio, ipocrita. Pensò, accennando a un sorriso, che la nonna aveva tanto pregato per lei, per il suo matrimonio, per la sua carriera e per la salvezza della sua anima, e che, in fin dei conti, di preghiere ve ne erano state abbastanza. E che doveva pur esistere una qualche forma di proprietà transitiva della preghiera – qualcosa di simile doveva sostenerlo la suora che le faceva catechismo a scuola.

Si lasciò andare al flusso dei ricordi: la dolcezza della nonna, i suoi carezzevoli rimbrotti, la sua capacità di rimboccarsi le maniche e di guidare, insieme al nonno Aldo, amorevolmente e con saggezza le due nipotine attraverso i mari inquieti e perigliosi dell'adolescenza.

Pensò alle numerose volte che la gente l'aveva compatita, per la sua condizione, di fatto, di orfana di entrambi i genitori. Per lei, molto meno per Nora, la fuga dalla casa paterna e l'approdo in quella dei nonni aveva rappresentato una svolta decisiva nella vita, una vera liberazione, un punto di partenza imprescindibile. Ci aveva sempre riflettuto, fin da ragazza, su quella decisione. Giulia, la nuova moglie di suo padre, una vedova senza figli, ai suoi occhi non era solo l'usurpatrice del posto che sarebbe spettato a sua madre, a fianco di suo padre, ma era anche una donna superficiale, vuota e ignorante, ossessionata dalla formalità e dall'ordine, che viveva con il proposito dichiarato di interferire nella vita delle figliastre, per piegarle e educarle secondo i suoi canoni. Era capace di fare scenate violente e di tenere il muso per giorni con il marito, perché le gemelle non le avevano detto «per favore», perché la tovaglia non era stata ripiegata per bene, lungo linee immaginarie di cui solo lei custodiva il segreto, o perché la loro camera era perennemente in disordine. Aveva una vera fissazione per la stanza da bagno e si infuriava quando le ragazze vi rimanevano chiuse, per un tempo che a lei pareva intollerabilmente lungo. Una volta, Luce era sprofondata nella vasca e Giulia, con la scusa di farsi passare un rossetto, la convinse a farsi aprire. Ma appena Luce girò la chiave, la matrigna spinse la porta con forza e, vincendo la resistenza della ragazza, entrò.

«Ora vediamo quanto tempo ti serve davvero per lavarti» le disse con la sua insopportabile voce nasale, sfilandosi l'orologio dal polso.

Intimidita e umiliata – mai si era voluta mostrare nuda davanti alla matrigna – Luce aveva ubbidito come un automa, eseguendo gli ordini.

«Brava così, ora insapona le ascelle… Sciacquati i piedi… Ora passa alla schiena…»

Alla fine dell'operazione Giulia commentò con tono trionfante: «Hai visto? Per lavarti a fondo non ti servono più di cinque minuti. Non si capisce allora perché tu e tua sorella dobbiate stare chiuse in bagno per tutto quel tempo…». Con quell'orologio in mano, pareva un allenatore alle prese con una giovane promessa dell'atletica.

Luce avrebbe voluto gridarle che a lei piaceva crogiolarsi nella vasca, con l'acqua calda che le bagnava il corpo, che amava galleggiare, con la testa e le orecchie immerse, e ascoltare i suoni ovattati trasmessi dall'acqua quando canticchiava o faceva le bolle con la bocca. Che non disdegnava persino di accarezzarsi i seni che cominciavano a prendere forma o di controllare lo stato di crescita di quella leggera peluria che si intravedeva sul basso ventre. Ma soprattutto: che quello che lei amava fare nel bagno erano solo ed esclusivamente fatti suoi, che la signora Giulia – come la chiamavano sussiegosamente nel condominio – era sì la compagna di suo padre, ma non era sua madre e che quindi con lei doveva stare al suo posto, perché non aveva alcun diritto di invadere in quel modo, stupido e violento, il suo spazio intimo. Non le disse nulla. In quel momento era, e si sentiva, nuda. Attonita, indifesa. Raccolse l'asciugamano e corse in camera, gettandosi sul letto, ancora bagnata. Avrebbe voluto piangere, ma per la rabbia non le usciva neanche una lacrima. Confidarsi con il padre, che in quel momento era al lavoro nella sua carrozzeria, sarebbe stato inutile, non avrebbe capito. E anche Nora, sempre pronta a schivare problemi e conflitti, l'avrebbe convinta ad abbozzare. Sentì il portoncino di casa chiudersi, Giulia stava uscendo. Aveva solo una cosa da fare: correre al telefono e comporre il numero di sua nonna… Solo da lei, come tante altre volte, avrebbe avuto comprensione e conforto.

Rivolse lo sguardo alla nonna morta e le venne in mente la goccia che aveva fatto traboccare il vaso di quella difficile convivenza nella casa paterna. Alla fine di una di quelle interminabili e violente discussioni per i soliti, futili motivi, Giulia si era rivolta al marito con queste parole: «Non ti rendi conto, Peppino, che queste ragazze stanno mettendo a rischio il nostro matrimonio?».

Apriti cielo! Luce aveva preso una paletta da dolce dalla tavola appena apparecchiata secondo le pedanti prescrizioni di Giulia e l'aveva puntata in direzione della matrigna, urlando: «Se è così, non vi preoccupate, non vogliamo rovinarvi nulla... Io e Nora ce ne andiamo a vivere dai nonni a Tivoli».

Lo sguardo di Luce doveva essere così furioso e convincente, a dispetto dell'inoffensiva paletta da dolce con gli angoli stondati, che la signora Giulia si era gettata a terra e si era messa a frignare in un angolo: «Mi ha minacciato, vuole uccidermi, l'hai vista?».

Il padre, scosso e addolorato, per quella volta aveva preso le parti delle figlie ed era persino giunto a insultare la moglie. «Sei una cretina, te la sei cercata» le aveva urlato. Ma poi, ragionando a freddo, aveva deciso che sì, non era una cattiva idea quella di mandare le gemelle per qualche tempo dai nonni materni, almeno finché le acque non si fossero calmate. Ma, passati diversi mesi, Luce e Nora avevano chiaramente espresso la volontà di non tornare più nella casa del padre. Per quest'ultimo fu un duro colpo, appena mitigato dalla considerazione che, almeno, non vi sarebbero stati più scontri. E, tutto sommato, ai nonni, che avevano perduto prematuramente la loro unica figlia, non sembrava vero di avere le gemelline tra i piedi.

Il padre era morto, forse di crepacuore, qualche anno più

tardi. Di Giulia, che pure aveva ereditato una parte cospicua delle proprietà del marito, si erano perse completamente le tracce. Si raccontava che vivesse in un pensionato per anziani, in una città del Nord, dopo un nuovo matrimonio concluso con una terza vedovanza.

Tante volte nonna Nietta aveva rievocato, con la nipote, la scena della paletta. «Dovevi fare l'attrice, non l'architetta» le diceva sempre ridendo. E Luce rispondeva con un sorriso, persuasa che questa scena così plateale, drammatica e comica allo stesso tempo, avesse salvato da quell'arpia domestica lei e soprattutto sua sorella, che aveva meno capacità di reagire e di difendersi. Certo, al fondo le rimaneva un vago senso di rimorso. Della «signora» Giulia, sinceramente, non gliene fregava nulla, ma verso il padre provava una pena sconfinata, nonostante si fosse dimostrato un genitore inetto e pasticcione.

La mano di Nora che le si posava sul braccio, la riportò di nuovo al presente. «Stanno venendo le pompe funebri. Devono mettere nonna nella cassa. Non è un bello spettacolo, forse è meglio che usciamo.»

Luce annuì. Si alzò e rimase a contemplare, per l'ultima volta, il viso caro e familiare di quella donna che le era stata nonna, madre, amica e confidente. Le sfiorò la fronte con la mano e poi, a braccetto con la sorella, uscì dalla stanza, incrociando nel corridoio gli addetti dell'agenzia funebre che, con la loro affettata compostezza, trasportavano una bara di legno chiaro. Luce e Nora entrarono nel piccolo salotto e si sedettero su due sedie di legno. Nessuna delle due aveva avuto il coraggio di accomodarsi sulla poltrona della nonna, di fronte al vecchio televisore, coperta da un plaid coloratissimo fatto a maglia. Era come se quella poltrona consunta dal tempo e dall'uso fosse ancora occupata dalla nonna, con la trapunta sulle ginocchia, gli occhiali da lettura appoggiati sghembi sul naso e l'immancabile copia della «Settimana Enigmistica» in grembo.

«Stamattina è venuto il dottor Giobbe. Ha compilato il certificato di morte, è stato gentilissimo... Quindi mi sono messa d'accordo con don Sandro, il parroco: possiamo fare il funerale domani mattina alle 10. Ora dobbiamo prendere insieme alcune decisioni pratiche...»

A Luce venne da sorridere. Nora era fatta così. Anche di fronte alla perdita della nonna, il suo obiettivo principale era fare ordine, sistemare, incasellare ogni cosa al suo posto. Lei, invece, avrebbe preferito confidarsi, ricordare con la gemella i tempi passati con i nonni, piangere e, persino, abbracciarla. Nora, con la morte di nonna Nietta, era tutto quello che le rimaneva della sua sconclusionata famiglia. Ma tanto, con lei, non c'era nulla da fare. Così si predispose rassegnata all'ascolto di argomenti prevedibilmente noiosi.

«Intanto c'è da decidere che cosa fare della casa dei nonni...»

Le parole di Nora la incupirono per un attimo. Facendosi forza, rispose: «Tu che dici? Direi di metterla in vendita, se qualcuno se la compra...».

«Te l'ho chiesto apposta, mi è venuto lo scrupolo che magari tu volessi conservare un pied-à-terre in Italia...»

«Ma non ci penso proprio, Nora! Se avessi qualche soldo in più mi comprerei un bilocale a Parigi, figurati.»

«Ma non vivi più da Gérard? È successo qualcosa?»

«No, no, stai tranquilla... Tutto bene. Ma lo sai come sono fatta. Avere un'alternativa alla convivenza è la condizione necessaria per far andare bene le cose con Gérard...»

«D'accordo, Luce. Poi, in fondo, se vuoi stare per un po' in Italia c'è sempre il nostro hotel...»

Luce la guardò con tenerezza. Era il suo modo di esprimerle affetto.

Nora, implacabile, passò al secondo punto dell'ordine del giorno: «C'è poi la questione della sepoltura. La nonna, nel testamento, ha sempre espresso il desiderio di essere sepolta accanto al nonno e alla mamma».

Luce pensò che erano secoli che non andava al cimitero a trovare suo nonno e, soprattutto, sua mamma. E se ne vergognò un po'.

«Mi sembra giusto. Senti, occupati di tutto tu, Nora, tesoro mio. E poi dividiamo la spesa... Ma mi hai parlato di un testamento? Non ne sapevo nulla...»

«E infatti sono qui a parlartene. Sono poche righe...»

Nora prese un foglietto di quaderno, ripiegato in quattro, dalla borsetta, e spiegò: «La nonna, per fartela breve, ringrazia Dio per la vita che le ha dato, dà disposizioni sulla sua sepoltura, manda carezze e baci alle sue gemelline e chiede che ti venga consegnata una scatola...».

«Fammi vedere» rispose Luce strappando quasi di mano il foglio alla sorella. Era vergato con calligrafia incerta ma leggibile.

«E la scatola? Che roba è?»

Nora si alzò e prese dalla credenza una grossa scatola di latta, arrugginita e con le scritte consumate.

«È tutto qui dentro...»

Luce sollevò il coperchio con aria perplessa. Dentro c'erano delle carte ingiallite, ben ordinate: lettere scritte a mano, documenti e persino fotografie. In cima vi era una busta infiocchettata, con la scritta: «A Luce, da nonna». Prese la busta sempre più circospetta e, tolto il fiocco, l'aprì. Dentro vi era una lettera.

La scorse rapidamente, fino in fondo. Poi assunse un'aria preoccupata. Alzò gli occhi al cielo e scosse la testa: «Oh Dio mio, ci mancava questa...» si lasciò scappare.

Nora la guardò piena di curiosità, senza dire nulla.

Luce si sentì in dovere di rendere partecipe la sorella e, dopo essersi schiarita la voce, cominciò a leggere.

Carissima Luce, bambina mia,
sai perfettamente che ho voluto ugualmente bene a te e a tua sorella. E che non ho mai avuto preferenze. Siete sempre state le cocche di nonna, tutte e due. Ma conosco bene i vostri caratteri e questa richiesta posso farla solo a te. Mio padre, tuo bisnonno, come ti ho sempre raccontato, è morto in guerra nel 1916, appena pochi giorni dopo la mia nascita. Ma non sono mai riuscita a sapere dove fosse stato sepolto. Finché è stato vivo Aldo, tuo nonno, abbiamo provato a scrivere all'Esercito, al sindaco e a fare ricerche a Roma. Ma non abbiamo mai avuto risposte. Soltanto comunicazioni burocratiche, senza alcun esito. Ora io sto per morire. E solo tu, con la tua "tigna", puoi esaudire il desiderio di sempre della tua nonnina, quello di portare un fiore sulla tomba di suo padre Antonio, tuo bisnonno. Ti prego, amore di nonna, fallo per me. E io dal Cielo ti veglierò...

«*Merde!*» si lasciò sfuggire in francese. Guardò la sorella, che sorrideva come un'ebete.

«E sì, Nora, la nonna mi ha messa nei guai fino al collo.»

«Be', non è che sei obbligata a farlo subito, non c'è una indicazione temporale. Puoi ripartire per la Francia e poi, quando avrai tempo, tornare qualche giorno in Italia per fare le ricerche sul bisnonno. Se vuoi, puoi venire a stare da noi...»

Luce rispose con un «grazie tante!» che sembrava un grugnito. Del resto, poteva nutrire dubbi? Di fronte a un compito di responsabilità e apparentemente complicato la gemellina – che peraltro abitava in Italia – si sfilava elegantemente, offrendole ospitalità ma non certo di aiutarla nelle ricerche. Stette lì a pensare un attimo, poi disse seccamente: «No, preferisco chiudere i conti con la nonna ora, che sono in Italia. Credo che due o tre giorni mi saranno sufficienti. Domani ci sarà il funerale, nel pomeriggio mi sposto a Roma e comincio a tempestare di telefonate il sindaco, l'Esercito, il ministro, il presidente della Repubblica e persino il papa se occorre!».

Passo San Pellegrino, 12 maggio 1916

Ieri mattina sono stato comandato di pattuglia, insieme a un drappello di uomini. C'era con noi Angelo, il sarto salernitano. È a suo modo un intellettuale, sa leggere e scrivere e la sera aiuta i commilitoni a comporre lettere per fidanzate e genitori. Poi scrive anche lui alla sua famiglia. Lettere ingenue, semplici, ma con pensieri profondi. E poi c'è Antonio, un pezzo d'uomo, della provincia di Roma. Fa il contadino, è analfabeta, ma lo chiamano "il filosofo" per la sua capacità di ragionare e la sua indubbia saggezza.

Poco dopo l'alba il capitano Ghezzi mi ha chiamato a rapporto e mi ha detto: «Tenente, è mai salito sull'Etna?».

Io, stupidamente, ho risposto: «Signorsì».

«Ebbene» ha replicato lui con quel sorriso inquietante, «oggi le tocca una scalata analoga, quota 3000.»

Siamo dunque saliti, percorrendo un'erta faticosa e scoscesa che pareva non finisse mai, al Passo delle Cirelle, dopo aver superato un ultimo e pericoloso nevaio. Il soldato Latini, di Foligno, ha messo un piede in fallo e stava scivolando di sotto. Si è sentita una bestemmia irriferibile. Per sua fortuna è stato afferrato dalle mani forti e grandi come badili di Antonio, il gigante buono. Poteva essere il primo morto della Tevere in questo conflitto. E non per mano del nemico. Sarebbe stata una beffa tragica. Per lui, sicuramente, che si sarebbe sfracellato; ma anche per me. Una macchia scura nel mio curriculum di ufficiale riluttante, all'esordio in una missione operativa.

Arrivati in cima al Passo, con molta circospezione, i fucili puntati e il colpo in canna, ci siamo avventurati nell'altro versante. Lo spettacolo che si è aperto davanti ai nostri occhi nella valle sottostante è stato incredibile. Una serie di cime innevate, una più bella e ardita dell'altra, davanti alla grande parete meridionale della Marmolada. Il nemico, per nostra fortuna, è ben lontano da qui. La zona è molto impervia. Il comando di Reggimento voleva comunque assicurarsi che non vi fossero soldati nemici, capaci di prenderci di sorpresa ai fianchi. Missione compiuta. Il ritorno è stato per tutti più agevole e rilassato, tranne che per Latini, che si lamentava sottovoce per il dolore alla schiena. Antonio gli ha portato lo zaino, per farlo camminare più agevolmente.

Il resto della giornata, alla base, è passato tranquillo per tutti, tranne uno scambio di fucilate a distanza tra una nostra pattuglia e una austriaca, senza alcuna conseguenza, sotto il Passo delle Selle.

So bene che i superiori ammoniscono di continuo noi ufficiali a non fraternizzare con la truppa, ma ho voluto egualmente scambiare più di qualche parola con il sarto e, in particolare, con il filosofo. Sono molto religiosi, soprattutto il primo. Circostanza che li porta a ragionare con una buona dose di fatalismo su questioni decisive come la guerra, la vita e la morte. Sono disciplinati, fino in fondo, e questo va loro riconosciuto. Ma non sono entusiasti, non sono pervasi dal fuoco patriottardo, come l'aspirante Lupattelli: non parlano in termini appassionati del re, della sacralità della guerra, del dovere del sacrificio. Concetti e parole che a loro sembrano sideralmente lontani. Non sono, però, dei ribelli. O dei renitenti. Piuttosto, sono rassegnati. Antonio, il filosofo, a un certo punto con il suo italiano zoppicante ma efficace mi ha detto: «Il contadino prega il cielo per fare venire giù l'acqua, perché senza acqua il raccolto muore. E senza raccolto, arriva la fame. Però se l'acqua non viene giù e il raccolto muore, il contadino non prende a pugni il cielo, ma continua a pregare. E anche dopo la sua morte i suoi figli continueranno a pregare». Un discorso che in generale mi sembra estremamente nitido. Sembra una contraddizione in termini, ma c'è in lui un affidarsi alla Divina Provvidenza che è più fatalistico che fideistico. Non pregano per salvarsi dalle pallottole nemiche. La morte è, in qualche modo, un affare che l'uomo deve sbrigarsi da sé sulla terra. Perché la volontà di Dio, sembra volerci dire Antonio, è inconoscibile e misteriosa e non coincide con quella, prevedibile e scontata, degli uomini. Del resto, penso che Dio stesso lo ha riferito a chiare lettere al profeta Isaia: «Quanto il cielo sovrasta la terra, tanto le mie vie sovrastano le vostre vie, i miei pensieri sovrastano i vostri pensieri...».

Ho riferito il versetto biblico ad Antonio. Ha annuito in silenzio, seduto, con il mento appoggiato sulla canna del fucile, mentre scrutava l'orizzonte in cerca di chi sa quale risposta. Credo che siamo diventati buoni amici.

Una brutta sorpresa

Dalla terrazza dell'elegante appartamento su due livelli che aveva preso in affitto breve a Roma, nei pressi di piazza della Malva, la vista sui tetti rossi di Trastevere era incantevole. Per una volta le descrizioni e le fotografie del sito di affitti combaciavano perfettamente con la realtà. Al piano superiore, dove si trovava la camera da letto principale, era annesso un grande bagno con la vasca. Per Luce, dai tempi della «signora» Giulia la vasca da bagno – altro che il bidet! – aveva rappresentato il vero optional irrinunciabile. Aprì i rubinetti saggiando più volte la temperatura dell'acqua con la mano e quando la vasca fu piena si sfilò i vestiti e si immerse. Provò a rilassarsi, ma le immagini del funerale della nonna continuavano ad affastellarsi davanti agli occhi. La chiesa era stracolma di gente e di fiori: la nonna era stata maestra elementare per più di quarant'anni e aveva insegnato a generazioni e generazioni di alunni che l'adoravano e che ricorrevano ai suoi buoni consigli anche da adulti. Il parroco, don Sandro, aveva ricordato l'impegno e la dedizione della nonna (e anche del nonno Aldo, anche lui maestro elementare) nell'educazione dei giovani. Era stata una messa funebre partecipata e in qualche modo consolatoria.

Tuttavia Luce non riusciva a togliersi dalla mente il momento in cui al cimitero gli scalpellini avevano sigillato il loculo con i mattoni e la calce. Aveva lo stesso, sgradevole, definitivo ricordo avuto quando avevano seppellito la madre. La sensazione che tutto fosse ormai compiuto e che, davvero, oltre il dolore e il vuoto, non ci fosse più nulla da fare o sperare. E quella volta pioveva pure, a dirotto… Lei e Nora avevano appena sette anni e si stringevano al padre, che le fissava con sguardo perso. Luce aveva sempre ritenuto che, in fondo, suo padre aveva deciso di risposarsi soprattutto pensando alle due figlie, nel tentativo – molto improbabile – di dare loro una nuova madre.

All'uscita del cimitero si era imbattuta nella grande lapide di epoca fascista, sormontata da aquile e angeli con espressione lugubre, che ricordava i caduti di Tivoli nella Grande Guerra. Un senso di malessere l'aveva colta. Lei, il pomposo stile bellico e la retorica del Ventennio li aveva sempre aborriti. Il nonno Aldo, peraltro, era stato un fiancheggiatore dei gruppi della Resistenza romana, e le aveva insegnato sempre a diffidare di dittatori e dittature, che usano la morte, il sacrificio e il senso del dovere come pretesti per conculcare le libertà e i diritti altrui. D'altro canto, le sembrava doveroso sopportare il disagio di fronte a quella lista infinita di morti, alcuni appena ventenni, per la Patria. Aveva cominciato a scorrere i nomi dei caduti, alla ricerca di quello del bisnonno. Se, come raccontava sempre la nonna, era caduto da eroe il suo nome doveva pur stare inciso lì da qualche parte. Aveva letto e riletto più volte i nomi, ma nulla: quello del bisnonno non c'era. Lì per lì aveva scosso la testa, supponendo un errore, una svista, dovuti all'incuria e all'inefficienza di qualche burocrate. Ma poi questa circostanza l'aveva messa in allarme e aveva cominciato a temere che il raggiungimento della verità auspicata da nonna Nietta non sarebbe stato così facile.

Era agitata e pensierosa. Uscì dalla vasca fumante, indossò il morbido accappatoio di spugna bianca e si fasciò i capelli con un asciugamano. La sua attenzione fu attratta dalla vecchia scatola di latta che sembrava guardarla, con aria di sfida, dal centro del letto.

«Eh, nonnina cara, che bello scherzo che mi hai tirato» disse fra sé e sé, mentre toglieva il coperchio.

Rovesciò il contenuto sul letto. Cominciò a esaminarlo. C'erano le copie, quelle più antiche in carta carbone e quelle successive fotostatiche, delle numerose lettere dattiloscritte che i nonni avevano mandato a più riprese al ministero della Difesa, allo Stato Maggiore dell'Esercito, all'ufficio storico delle forze armate, a Onorcaduti, la direzione del ministero che si occupa dei monumenti e dei cimiteri di guerra. Da uno di essi ricavò, appuntandoli a matita su un quadernetto, i dati anagrafici del bisnonno: nome, cognome, data e luogo di nascita, nonché le informazioni militari: immatricolazione, addestramento, assegnazione al reparto.

Nella scatola c'erano anche le cartoline del bisnonno alla moglie Assuntina, scritte con calligrafia accurata e in ottimo italiano. Luce aveva sempre saputo che il bisnonno era analfabeta e dedusse che a scrivere materialmente quelle lettere, così tenere e schiette nei contenuti, fosse stato qualche compagno d'arme. Si perse per qualche minuto nella lettura delle cartoline senza riuscire a trattenere la commozione. Poi una telefonata di Gérard la riportò alla realtà.

«*Mon amour*, è andato bene il funerale?»

«Gérard, mica è uno spettacolo! È un evento triste, non può mai andare bene... Non esistono funerali a lieto fine!»

In altre circostanze, visto che Gérard si sforzava di parlarle in italiano, sarebbe stata più indulgente.

L'uomo sembrò accusare il colpo e rimase per qualche secondo in silenzio.

«*Pardon*, tesoro, ma il mio italiano...»

«Perdonato...»

«Ma allora non mi racconti nulla di oggi?»

Luce era concentrata sui documenti di famiglia e non aveva molta voglia di chiacchierare.

«Gérard, ti prego di scusarmi stasera. Ho avuto una giornata pesante. Sono stanchissima. Ti chiamo io domani in mattinata, va bene?»

L'uomo, un po' a malincuore, acconsentì: «Tutto quello che va bene per te, va bene per me. Buonanotte, angelo mio».

«Buonanotte, a domani, amore. E scusami ancora...»

Spento il cellulare, Luce si rituffò nell'esame del contenuto della scatola. Osservò la foto del bisnonno e della bisnonna, con in braccio un fagottino, che doveva proprio essere Nietta. La capovolse e la data scritta a matita sul retro non le lasciò dubbi in proposito, coincideva con la data di nascita della sua adorata nonnina.

L'ultimo documento che esaminò era contenuto in una busta, ingiallita dal tempo, indirizzata a sua bisnonna Assuntina, all'indirizzo di Tivoli. L'aprì. Dentro vi era un foglio di carta velina, dove vi era scritto, con calligrafia elegante:

Gentile Signora Assunta,
con enorme dolore personale, sono a comunicarle la scomparsa in battaglia di suo marito. Era tra i miei migliori uomini, ha combattuto sempre con coraggio e fierezza e posso dirle che ieri è morto da eroe. Mi parlava sempre di lei e della vostra figlioletta appena nata con amore e nostalgia. Raramente ho incontrato una persona così buona e così onesta. Lei e sua figlia Antonietta porterete per sempre questo enorme dolore dovuto alla sua perdita. Ma verrà un giorno in cui sarete fiere di lui e del suo sacrificio per la Patria. Finita la guerra, se Dio vorrà, potremo incontrarci e parlare di lui. Vi porgo a nome di tutta la compagnia e mio personale i sensi del mio più sentito cordoglio.

F.to Tenente Gaetano Giardina,
11 agosto 1916

Luce notò che la calligrafia del tenente era la stessa di molte delle lettere che il bisnonno inviava alla moglie: dunque era lui l'anonimo amanuense. L'idea che questo tenente gentiluomo si fosse preso cura del bisnonno, aiutandolo a scrivere, la confortò. E con questo pensiero triste ma rassicurante si addormentò ben presto come un sasso.

La mattina dopo, di buon mattino, prese un taxi al volo a piazza Trilussa, e si fece accompagnare in via XX Settembre, al palazzo del ministero della Difesa, sede dell'archivio storico dell'Esercito. Dopo aver lasciato il documento all'ingresso, fece a due a due i grandi gradini che la separavano dal primo piano.

Il maggiore che la ricevette fu cortesissimo. Le spiegò, però, che i singoli fascicoli riguardanti i soldati, dopo una lunga permanenza presso i distretti militari di appartenenza, erano ormai da anni custoditi presso l'Archivio Centrale dello Stato e che avrebbe dovuto rivolgersi lì. In ogni caso, le avrebbe fatto pervenire al più presto il diario di guerra della brigata Tevere, a cui il bisnonno apparteneva: giusto il tempo di fare le fotocopie. Da lì, secondo il maggiore, avrebbe potuto sicuramente ricavare informazioni utili.

Luce guardò con impazienza l'orologio. L'Archivio si trovava all'EUR, ossia ad almeno mezz'ora di taxi da lì, traffico permettendo.

Arrivò trafelata al bancone e un'impiegata, molto gentile, le spiegò la procedura per ottenere lo stato di servizio di un militare della Prima guerra mondiale. Luce si sedette alla postazione computerizzata e cominciò a inserire i dati anagrafici del bisnonno. Nel giro di pochi secondi le apparve sullo schermo il numero con la collocazione del documento richiesto. Lo appuntò nell'apposito foglietto e con aria soddisfatta lo porse all'impiegata.

«Quanto ci vorrà?» chiese con aria preoccupata.

«Oggi c'è poca gente, credo che in mezz'oretta dovremmo farcela.»

Luce pensò che, in fondo, se l'era cavata con poco. Nello stato di servizio, infatti, secondo quanto le aveva riferito il cortese maggiore dell'archivio, doveva esserci indicato tutto, il luogo esatto della morte e anche, se noto, quello della sepoltura. I corpi di molti soldati, infatti, risultavano dispersi. E se il suo bisnonno fosse stato tra questi? Luce, con la sua tigna, aveva già escogitato un piano B, un compromesso: se il luogo della sepoltura fosse stato ignoto, se l'antenato fosse stato dichiarato disperso, avrebbe fatto mandare un mazzo di fiori sul luogo presunto della morte. La nonna avrebbe capito e approvato.

Guardò l'orologio. Erano già le 11.30. Solo in quel momento si ricordò che si era dimenticata di richiamare Gérard. Provò inutilmente, il cellulare squillava libero. Poco dopo le arrivò un messaggio del fidanzato su WhatsApp, che la invitava a richiamare più tardi perché era nel bel mezzo di una riunione importante.

Uscì a prendersi un caffè e quando tornò trovò sulla sua postazione una cartella con sopra scritto il nome, il cognome e il numero di matricola del bisnonno. L'aprì, ma con grande sorpresa scoprì che la cartella era vuota. Completamente vuota.

Turbata e anche un po' innervosita, si avvicinò al bancone chiedendo spiegazioni all'impiegata. La quale, dopo essersi fatta consegnare la cartella e averla esaminata, si strinse nelle spalle e le spiegò: «Purtroppo queste cartelle sono migliaia e migliaia e ci sono state consegnate così, a pacchi, dai distretti militari. Tenderei però a escludere che il suo foglio matricolare si sia perso qui in archivio. Mi faccia controllare».

L'archivista sparì dietro la porta e tornò dopo qualche minuto scuotendo la testa. «Vede» spiegò a Luce, «qui in archivio conserviamo un registro delle richieste di consultazione con i dati anagrafici dei visitatori. È un modo per ridurre il rischio che i documenti vengano danneggiati o sottratti. Nessuno, prima di lei, ha chiesto di visionare quel fascicolo. Evidentemente la cartella era già vuota prima di arrivare da noi. Sa, durante i diversi traslochi può essere successo di tutto, è passato un secolo!»

Luce si sentì smarrita. E demoralizzata. Vedeva le sue speranza naufragare. Poi le venne in soccorso la tigna. Nella scatola di latta della nonna c'era un indizio. Era un tentativo disperato, ma era l'unico punto di partenza di cui disponeva. Tornò alla postazione e digitò: «*tenente Gaetano Giardina*». Una sola occorrenza. Bingo! Scrisse sulla scheda la collocazione e attese paziente l'arrivo del fascicolo richiesto. Stavolta l'esito della ricerca fu più fortunato. Dalla cartella sbiadita emerse infatti il foglio matricolare del tenente, poi promosso capitano, Gaetano Giardina. C'era persino la foto: un uomo simpatico, con gli occhi intelligenti e un paio di baffoni spioventi che gli conferivano un'aria da adorabile briccone. Si appuntò i dati più importanti. Era nato a Caltanissetta nel 1890 e si era iscritto alla facoltà di Giurisprudenza all'Università di Palermo. Con la chiamata alle armi si era arruolato in fanteria come aspirante sottotenente di complemento e dopo il corso di addestramento era stato inviato alla brigata Tevere. La stessa del suo bisnonno! Aveva prestato servizio al Passo San Pellegrino, era stato ferito lievemente a una coscia durante una delle battaglie per la presa di Cima Bocche e poi aveva seguito le sorti della brigata, spedita dopo Caporetto a combattere sul Carso. Dopo la guerra, nel 1918, aveva sposato una nobildonna padovana, la signora Susanna, una crocerossina che aveva conosciuto in infermeria a Falcade durante la sua breve degenza. Era rimasto per un paio di anni ancora in servizio, presso l'archivio storico del ministero della Guerra, a Roma, ottenendo il grado di capitano e completando gli studi all'Università La Sapienza. Si era definitivamente congedato ed era tornato in Sicilia, dove erano nate le due figlie Valeria e

Maria, e dove esercitava la professione di avvocato. Dopo la Seconda guerra mondiale si era trasferito con la moglie e la figlia maggiore nella Capitale. Nella scheda c'era anche un indirizzo romano: viale Regina Margherita 37.

Aprì il browser del suo portatile ed entrò nel sito delle Pagine Bianche. Di Giardina a Roma non ce n'erano molti, poco più di una ventina. Ma nessuno risiedeva in viale Regina Margherita. Poteva provare a chiamarli tutti? Sarebbe stata una immane perdita di tempo. E, poi, non era detto che il superstite che sperava di trovare avesse lo stesso cognome del capitano! Un'altra illuminazione le venne in aiuto.

Si avvicinò con aria felina al bancone, dove un impiegato aveva rimpiazzato la collega, e con gli occhi più dolci e disperati che poteva fare gli chiese se qualcuno di recente avesse consultato la scheda del capitano Giardina.

L'impiegato le parlò sottovoce: «Sono informazioni che non potrei darle, per via della privacy. Ma vedo quello che posso fare».

Tornò dopo una manciata di minuti, con aria soddisfatta.

«Signorina, non mi metta nei guai, ma circa due anni fa quel fascicolo è stato consultato dal signor Marco Grillo.»

Luce tornò al PC. Sul sito delle Pagine Bianche i Grillo erano centinaia, i Marco una decina. Ma solo uno abitava in viale Regina Margherita 37. Cacciò un urletto di soddisfazione, che provocò occhiate scandalizzate tra gli studiosi immersi nella lettura delle carte.

A viale Regina Margherita 37, nel quartiere Trieste a pochi metri dal confine con il più prestigioso Parioli, Luce trovò una bella palazzina di epoca umbertina, la cui facciata dilavata conferiva un aspetto ancora più austero e solenne. Entrò nel portone, salì di corsa cinque gradini e si fermò di fronte a un gabbiotto che, inesorabilmente, doveva essere l'ufficio del portiere. Sbirciò dentro la guardiola. Non c'era anima viva. Per il resto, tutto era come avrebbe dovuto essere: un tavolo con sedia un po' consunta, l'immancabile gondola veneziana in plastica *made in China*, una radio dal vecchio design, un portapenne con un paio di biro senza cappuccio, attorno al quale erano infilati numerosi elastici di colore verde. Infine, sullo sfondo, una piccola nicchia con un'immaginetta del Sacro Cuore di Gesù e un pannello con decine di chiavi. Provò a suonare il campanello e dopo qualche minuto dalla porta posteriore fece capolino un uomo ricurvo e ossuto di una settantina di anni: «Dicete, signori'...».

«Buongiorno, sto cercando il signor Marco Grillo.»

Il vecchietto la guardò sospettosa: «Eh, ma chillo fa 'o giornalista! Sta sempre in giro e, se torna a casa, torna tardissimo! In miezzo alla notte».

«Non è che posso avere il suo cellulare? È una cosa della massima importanza» azzardò la donna, con faccia tosta.

«Signori', ma me vulite ffa passa' nu uaio? Non è possibile, c'è la pri-va-cy.»

Luce non si arrese.

«Senta, siccome la cosa è della massima importanza, perché non chiama lei il dottor Grillo e lo avvisa che lo sto cercando?»

Il portiere la guardò con sospetto misto a odio.

«Signuri', nun se ne parla proprio!»

Ormai era guerra aperta. Ma Luce non aveva alcuna intenzione di perderla. Cavò di borsa il cellulare, andò su Google e digitò «*Marco Grillo giornalista*». Apparvero immediatamente molti articoli e il nome della testata, «Il Futuro», dove Grillo lavorava. Con aria di sfida chiamò il centralino del giornale e, davanti al portiere che la fissava con aria minacciosa, riuscì a farselo passare.

«Dottor Grillo, mi scusi se la disturbo, lei non mi conosce, mi chiamo Luce Di Giovanni e lavoro nello studio dell'architetto Pesci...»

«Buongiorno a lei, come posso esserle utile?» rispose l'uomo con voce calda e cordiale.

«È un po' lungo da spiegare al telefono, ma sto cercando informazioni sul capitano Gaetano Giardina. Non so se può aiutarmi...»

Dall'altro capo del telefono si fece un attimo di silenzio. Poi la voce maschile replicò con una punta di sorpresa: «Sì, effettivamente era mio nonno materno. Mia mamma si chiamava Giardina. Ma cosa potrei...».

Luce l'interruppe: «Le dico in breve: la storia di suo nonno durante la Grande Guerra è strettamente legata a quella del mio bisnonno, di cui non abbiamo saputo più nulla. A casa di mia nonna è conservata una lettera di suo nonno Gaetano. Erano nella stessa compagnia... nella brigata Tevere».

«Mi scusi tanto, ora devo lasciarla perché devo correre a fare un'intervista, ma la questione mi interessa molto... Vogliamo vederci, se per lei va bene, a pranzo alle 14?»

La donna accettò senza titubanze: «Volentieri... E dove?».

«Da Baccano in via delle Muratte, a due passi dalla Fontana di Trevi.»

«A più tardi» confermò Luce, uscendo dal portone e rivolgendo al portiere uno sguardo di sdegno e di commiserazione.

Col de le Palue, 16 maggio 1916

La quiete è già finita. Da ieri mattina è cominciato l'inferno. Le nostre posizioni avanzate di Col de le Palue sono state bombardate pesantemente dall'alto. Poi il fuoco ha cominciato a colpire anche le retrovie. Ci siamo ritirati nei rifugi, accalcati come bestie, mentre per più di due ore hanno fischiato sulla nostra testa granate e pezzi di artiglieria pesante. Uno di essi ha centrato la baracca comando vicina alla mia. C'è stato un boato incredibile, ho sentito le ossa tremare per il colpo e le orecchie otturarsi per lo spostamento d'aria. Con molta cautela, tra le continue esplosioni, sono uscito per verificare l'accaduto. Una tragedia. Sotto le macerie sono rimasti molti corpi, orribilmente sfigurati. C'è sangue dappertutto. Un soldato ha la parte superiore del corpo completamente coperta da pietre e mattoni, mentre le gambe stanno bruciando. Si sentono urla, gemiti e implorazioni: un girone dantesco. Sono stati colpiti a morte anche due ufficiali. Il povero capitano Ghezzi è riverso al suolo, immobile, con la schiena squarciata, il sottotenente Miranda ha delle schegge nel torace, due dita della mano sinistra falciate e una porzione di cuoio capelluto asportata.

È una carneficina. Sono arrivati i barellieri per portare via i feriti, si capisce già che molti di loro, ricoperti di sangue o gravemente mutilati, non ce la faranno. Mentre i proiettili nemici continuano a piovere sulle nostre teste, il sentiero dove scendono i barellieri con i moribondi sembra essere risparmiato. È forse questo un gesto di umanità estrema da parte degli austroungarici? Mi illudo che lo sia, così che anche in questa guerra – così terribile, sanguinaria, micidiale, fratricida – si possa conservare, da una parte e dall'altra, un barlume di pietà.

Incontro il tenente Romeo Mezzanotte, uno dei miei compagni di corso. Ha la mano sinistra ferita, perde sangue copiosamente, ma per fortuna le dita sono intatte. È un ottimo ufficiale e una bravissima persona, timorata di Dio. E, come me, conosce a menadito le costellazioni. È uscito dalla baracca pochi secondi prima dell'esplosione. Si è salvato. Un miracolo, dice lui. Sarà... Ma davvero non riesco a non pensare al perché il buon Dio avrebbe deciso di risparmiare lui e di far soccombere gli altri, poveretti. Se devo dirla proprio tutta, mi sembra invece che siamo abbandonati a una sorta di roulette, in cui è il caso – come la pallina sulla ruota – a decidere dei nostri destini. Esce un numero da 1 a 9 e te la cavi senza un graffio. Esce un numero da 10 a 18 e muori immediatamente. Da 19 a 27 vieni ferito e la morte arriva dopo ore o giorni di immani sofferenze. Infine, da 28 a 36 vieni ferito, più o meno gravemente, ma alla fine porti a casa la pelle. Ci sarebbe anche lo zero, in realtà... Esce lo zero e, vediamo... qual è la cosa peggiore che ti può accadere? Ecco: muori ucciso dal fuoco amico!

Mentre sto qui alle prese con la filosofia o la matematica da quattro soldi, le esplosioni continuano, sempre più ravvi-

cinate, e non c'è tempo da perdere. Siamo accucciati dentro la trincea. Mezzanotte mi racconta, mentre lo aiuto a fasciarsi la mano, di aver avuto una paura tremenda, ma poi si è fatto coraggio pensando che «in fondo si muore una volta sola».

Rientro con lui nella mia baracca, si apparta in un angolo e si inginocchia. Prega sicuramente, forse piange. Ha rifiutato il ricovero, ma la sera la mano – infetta – gli si è talmente gonfiata che lo convincono a ricoverarsi a Canale.

Nel frattempo, finito il bombardamento, come era prevedibile, gruppi di austriaci calati di corsa dal Passo delle Selle provano a dare l'assalto alle nostre trincee. Sono pochi, non riescono nemmeno a superare la prima linea di filo spinato. I nostri fanti delle prime linee li arrestano con pochi colpi di fucile. L'attacco di artiglieria era spropositato rispetto all'esiguo numero di soldati mandati all'attacco. Forse è quella che gli alti ufficiali chiamano un'azione dimostrativa, svolta per tenere le nostre truppe inchiodate qui mentre si tentano sfondamenti in altre, anche remote, zone del fronte. La logica che muove gli alti comandi ci è assolutamente ignota, come l'origine delle stelle.

La notte è passata senza attacchi. Avrei dovuto riposare, ma la tensione accumulata è stata tanta che non sono riuscito a chiudere occhio. Ho aggiornato il diario e guardato il firmamento. Il cielo era terso e la "M" rovesciata di Cassiopea era perfettamente allineata alla Stella Polare e all'Orsa Maggiore. Ma mai come stanotte ho percepito, in senso fisico, la distanza siderale che separa il cielo, algida dimora degli dei, dalla terra, infetto pianeta abitato dagli uomini.

Il diario del tenente

Forse avrebbe dovuto passare a casa per farsi una doccia e cambiarsi, visto la sudata che aveva fatto in mattinata in giro in una Roma resa appiccicosa dall'afa. Ma tempo di tornare a Trastevere non ne aveva proprio. "Pazienza" si disse, "non vado a un incontro galante, ma a una colazione di lavoro, diciamo così."

Nel taxi che la portava in centro, però, cercò di darsi una sistemata, spruzzandosi il deodorante sotto le ascelle, rassettandosi i capelli e passandosi un filo di rossetto sulle labbra. Si sorprese a chiedersi che tipo avrebbe avuto di fronte tra poco. Era un gioco che faceva spesso. Quello di immaginare le fattezze fisiche e il carattere dalla voce, anche se il più delle volte la realtà era deludente. Dalla breve telefonata, il giornalista discendente del capitano Giardina doveva essere un uomo generoso, divertente e rassicurante. Per il resto, se lo immaginava con un bel pancione, non molto alto, con le mani piccole. E un po' trasandato, *shabby-chic*, come spesso sono i giornalisti.

Il taxi la scaricò a due passi dalla Fontana di Trevi. L'autista le indicò la direzione: «Signori', so' due passi, c'è l'isola pedonale de mezzo. Se proprio vole che la porto davanti, devo fa' er giro da sopra e arriva minimo tra mezz'ora».

Il locale scelto da Grillo, Baccano, era un simpatico bistrot, molto parigino, all'interno di un palazzetto di ghisa e vetri del primo Novecento. All'ingresso l'accolse il sorriso cordiale di una ragazza vestita in modo inappuntabile.

«Ho appuntamento con il dottor Grillo» spiegò Luce.

«L'accompagno subito, il dottore è già arrivato e l'aspetta.»

La luce proveniente dall'esterno era molto forte e abbagliante. Fecero alcuni passi verso l'angolo opposto della grande sala e a fatica Luce riuscì a intravedere la sagoma scura di un uomo alto, che si stava alzando dal tavolo porgendole la mano.

«L'architetta Di Giovanni? Piacere, sono Marco Grillo.»

Era un pezzo d'uomo, alto e con le mani grandi. Vestito sobriamente, ma in modo decente. Non un belloccio, ma sicuramente un tipo interessante. Luce rise tra sé: previsioni sull'aspetto totalmente sbagliate.

«Il piacere è tutto mio. Però mettiamo al bando i titoli, che ne dice? Mi chiami pure Luce... La ringrazio di avermi ricevuto immediatamente. Mi auguro di non averla disturbata troppo.»

«Luce è un nome perfetto, oltre che bello, per una giornata di sole come oggi. Io sono Marco. Pranzare con lei non mi disturba affatto, anzi, pensi che l'alternativa era quella di mangiare un toast al bar sotto il giornale con il mio caporedattore e avremmo finito per parlare di lavoro. Con tutto il rispetto e l'umana simpatia per lui, sono io che ringrazio lei di avermi salvato...»

Luce sorrise: aveva azzeccato almeno due delle tre caratteristiche della sua previsione: Marco aveva una spiccata ironia e aveva la speciale capacità di mettere le persone a proprio agio.

«Ordiniamo subito» le disse, «così possiamo parlare della questione che le sta a cuore e che a me interessa molto.»

Dal grande menù plastificato Luce scelse un'insalatina di gamberi tiepida e un trancio di ricciola arrostita con cicoria. Marco si accodò.

«Un calice di vino?»

La donna acconsentì volentieri.

«Marco, non vorrei farle perdere troppo tempo. Nelle carte della mia nonna Antonietta ho trovato un messaggio di suo nonno, il tenente Gaetano Giardina, che annuncia la morte in battaglia del mio bisnonno. Di questo bisnonno la mia famiglia non ha saputo più nulla, né dove né come sia morto né, tantomeno, il luogo di sepoltura. Siccome le ricerche compiute finora presso gli archivi militari sono state inutili, la mia speranza è che magari lei o qualcuno dei suoi parenti possa conservare qualche carta o qualche ricordo utile a svelare il mistero...»

«Si interessa di storia? O è l'amore per le vicende della sua famiglia?»

«Devo essere onesta... né l'una né l'altra cosa. Ho contratto una specie di voto con mia nonna, della quale abbiamo fatto i funerali appena ieri. Mi ha chiesto di portare un fiore sulla tomba del bisnonno, ma davvero non so proprio da dove cominciare...»

«Intanto le faccio le mie condoglianze per sua nonna. Si intuisce che per lei era una persona molto cara.»

«Sì, ho perso mia mamma in giovane età e lei ci ha fatto

da madre, a me e a mia sorella...» rispose Luce con la voce velata di tristezza.

«Capisco» commentò Marco con sincera partecipazione. E aggiunse: «Per quanto riguarda mio nonno, non le voglio dare troppe speranze, per non correre il rischio di illuderla. Ma esiste un diario degli anni di guerra, in cui il nonno scriveva le sue impressioni a caldo. Lo conservo gelosamente a casa. Il nonno l'ha voluto lasciare a me, in eredità. L'ho sfogliato varie volte, mi dovrei decidere a leggerlo a fondo e capire se, magari, si può pubblicare... Ma non ho mai tempo. E rimando sempre...».

«Pensa che potrei consultarlo? Ovviamente in sua presenza...»

«Ma certamente. Se non le pare sconveniente, domani sono di corta...»

«Mi scusi, di corta? Non ho capito...»

«Mi scusi lei, è il maledetto gergo giornalistico. Vuol dire che domani sono libero perché lavoro il prossimo sabato.»

«Ok... Ma che cosa c'entra invece la convenienza?»

«Be', sono un uomo all'antica. Vivo da solo e le ho proposto di venire a casa mia per consultare il diario, non so se la trova una proposta decorosa.»

Luce scoppiò a ridere.

«Ma si figuri! Non ce la vedo proprio come un molestatore... E poi so ben difendermi.»

«Bene» fu la risposta del giornalista, «l'aspetto alle 10 o quando preferisce in viale Regina Margherita...»

«... 37, conosco l'indirizzo e anche il cerbero napoletano che le fa da custode.»

Marco abbozzò un sorriso, guardandola con aria interrogativa: «Don Alfonso? Ha avuto a che fare con lui?».

«Esattamente, mi sono recata stamattina a casa sua per cercarla. Ho chiesto al portiere se poteva mettermi in contatto con lei, ma non c'è stato verso!»

L'uomo scoppiò a ridere: «Don Alfonso è una istituzione del portierato. Uno dei pochi italiani autoctoni rimasti. Una specie in via d'estinzione, tutelata dal WWF... mentre la sua guardiola è patrimonio dell'UNESCO. Non manca nulla: dalla gondola di plastica, agli elastici verdi attorno al portapenne pieno di Bic, dalla radiolina a pile, all'immagine del Sacro Cuore di Gesù, con candela elettrica incorporata. Per non parlare dei merletti prodotti in casa da sua moglie Cesira, peraltro ottima cuoca... Quando fa il sugo, l'odore di soffritto si sparge, attraverso la tromba delle scale, per tutto il palazzo...».

Anche Luce rise di gusto. Marco aveva elencato gli stessi oggetti che aveva notato lei. Era sicuramente un buon segno di connessione.

Un cameriere arrivò con gli antipasti e versò il vino nei calici.

«Propongo un brindisi: alle sue ricerche, al suo bisnonno e a mio nonno Titino... Che è il diminutivo siculo di Gaetano!»

Luce alzò il calice divertita. Quella colazione, qualunque fosse stato l'esito finale, l'aveva messa di buon umore. Ed era la prima volta che accadeva, dopo giorni tanto tristi.

«Marco, mi dica una cosa. Ma lei, suo nonno "Titino", l'ha mai conosciuto?»

«Certamente. Quando è morto io avevo sedici anni. I

miei erano separati e io ho vissuto con mia mamma, lui e la nonna Susanna in viale Regina Margherita, dove abito attualmente. Un po' come è successo per lei… Un nonno che mi ha fatto da secondo padre. Era un uomo affettuoso, severo solo quando ce n'era bisogno. E soprattutto sereno e allegro, nonostante i piccoli e grandi problemi che la vita ci regala sempre.»

«Mi racconti di lui. Doveva essere un personaggio affascinante…»

«Aveva l'animo da poeta, avrebbe voluto studiare Lettere, oppure Astronomia: conosceva tutti i nomi e il cammino delle stelle. Non sa quante volte mi ha trascinato in terrazzo di notte a mostrarmi le costellazioni! Ma suo padre, che aveva uno studio legale in Sicilia, gli impose di studiare Legge. Lui, infatti, diceva di essere un avvocato suo malgrado o, meglio, "riluttante". Riluttante era un termine che gli piaceva, che utilizzava spesso quando parlava di sé. Svolgeva la professione forense controvoglia, ma aveva una discreta clientela, si occupava soprattutto di cause civili. E, nonostante l'aura di serietà professionale che lo circondava, nel privato era un uomo che rideva spessissimo e che, con quell'aria imperturbabile, organizzava scherzi e burle crudelissime a spese di amici, vicini di casa e familiari.»

«Scherzi? E di che tipo? Me ne racconta qualcuno?»

«Be', mi lasci pensare… Ha presente Ugo Tognazzi in *Amici miei*?»

«Sì, è stato uno dei miei film preferiti…»

«Ecco, anche mio nonno usava termini totalmente inventati, come Tognazzi con la "supercazzola": "sbardella", "squarella", "squaquà", "tituffi", "tirituffi", "priukuchi" e "coccorochi", con i quali farciva i suoi discorsi seminando sconcerto tra i suoi interlocutori. Insieme a suo cugino, lo zio Livio, ne combinavano una più del diavolo. Burle, motti di spirito, battute. Poi scherzi di ogni tipo, anche telefonici... Mi raccontava mia madre, ridendo a crepapelle, che nei primi anni Cinquanta lui e il cugino telefonavano, camuffando la voce, alla segreteria di molti loro colleghi avvocati, per avvisare che la visita del pomeriggio dal dottor Pedone era stata annullata e che richiamassero per avere un nuovo appuntamento...»

Luce guardò Marco con aria interrogativa. Marco non si fece pregare: «Il dottor Pedone era il più famoso esperto di impotenza sessuale dell'epoca e faceva pubblicità sulle pagine dei quotidiani romani...».

Luce non trattenne la risata. Incoraggiato, l'uomo continuò: «Avevano tutti e due un'aria così rispettabile, che alla gente sembrava impossibile che ne facessero così tante. Lo zio Livio, a differenza di mio nonno sempre innamorato della sua Susanna, aveva avuto anche una vita sentimentale... vivace, diciamo così. Era un ateo e un donnaiolo impenitente. Solo da anziano era rientrato nei ranghi, pentendosi della sua vita dissipata e operando un cammino di autentica conversione religiosa. Sua moglie, una santa donna, e i suoi figli, che erano molto impegnati nelle associazioni cattoliche, lo perdonarono, riaccogliendolo in famiglia a braccia aperte. Io ero molto legato a zio Livio, molto più giovane del nonno. Ero un bambino che tendeva un po' alla malinconia. Ma Livio mi faceva ridere, mi coinvolgeva nei suoi scherzi, nei suoi giochi, nei suoi trastulli. Aveva un armadio pieno di cose buffe, l'armadio delle meraviglie: giochi di prestigio, carte truccate, ragni e serpenti finti, richiami di uccelli e altri aggeggi che imitavano il verso degli animali più disparati... Quando lo andavo a trovare era uno spasso... E mi voleva un gran bene, mi difendeva sempre!»

«Un personaggio romanzesco» commentò Luce, conquistata.

«Sì, davvero, ci vorrebbe una grande penna per raccontare lui e le sue gesta. Ne varrebbe la pena... Il giorno del suo funerale, mia madre era ancora viva, il prete, che lo conosceva bene, fece un'omelia irreprensibile da un punto di vista religioso. Disse, in sostanza, che esistevano due Livio: quello di prima del pentimento e della conversione, dedito fondamentalmente alla baldoria e ai piaceri mondani, e il nuovo Livio, rinato in Cristo, pio, devoto, fedele. Sa che adesso c'è l'usanza in chiesa, alla fine dei funerali, di prendere la parola parenti e amici, per commemorare il defunto?»

«Non lo sapevo, era da tantissimi anni che non andavo a messa, fino a ieri per il funerale della nonna, ma lì ha parlato solo il prete...»

«Insomma, alla fine della messa funebre per lo zio vanno in tanti al microfono e sostanzialmente parlano bene solo del secondo Livio, quello dopo la conversione...»

«Be', dal loro punto di vista era giusto così, no?»

«Io ero adolescente. E al terzo intervento di questo tipo, stavo per alzarmi per andare a parlare anch'io al microfono. Mia madre, che aveva intuito il mio stato d'animo, mi ha bloccato con lo sguardo e mi ha detto: "Marco, è inutile, io ti capisco, ma loro non capirebbero"...»

«E il Marco adolescente che cosa avrebbe voluto dire?»

«Avrei urlato che sì, il secondo Livio era diventato santo,

ma che anche il primo, quando era un po' diavolo e sicuramente reprensibile, con i suoi scherzi aveva fatto ridere di cuore tante persone, facendo loro un gran bene. E che anche a Dio, con buona pace dei teologi, piacciono i burloni!»

Luce scoppiò a ridere, fragorosamente: «Guardi, Marco, mi immagino la scena... Peccato che non l'ha fatto!».

«Anche io mi sono pentito di non averlo fatto!»

«Credo che un po' di spirito di suo nonno e forse anche di suo zio Livio viva ancora in lei...»

«Non le so dire. Anche io ne ho combinati di scherzi. A scuola e in redazione. Ma loro erano dei fuoriclasse. Lo zio Livio era il numero uno, ma mio nonno gli faceva ottimamente da spalla. Anche Titino era un gran briccone, fin dall'infanzia. Un giorno – me lo raccontava mia nonna – poteva avere sì e no dieci anni, si presentò nel salotto liberty dove sua madre, nobildonna, stava ricevendo le sue amiche altolocate di Caltanissetta. "Mammà" disse, "scrissi per le tue amiche una poesia autunnale, dedicata al cachì." Le signore presenti lo pregarono entusiaste di leggergliela. E lui declamò una serie di versi in rima in cui elogiava il colore, il sapore, le virtù nutrizionali del famoso frutto. Concludendo però la poesiola con questo verso: "O cachì, o cachi tu". Può comprendere l'imbarazzo della bisnonna e la severa punizione a cui nonno Titino andò incontro!»

Luce immaginò la scena, in un salotto siciliano pieno di oggetti, specchi e lampadari, e il sorriso inizialmente compiacente delle dame che si trasformava repentinamente, dopo la lettura dell'ultimo verso, in un'espressione di sbigottimento e di sconcerto. Commentò: «Ora capisco bene il motivo per cui lei adorasse letteralmente suo nonno...».

Fece una piccola pausa, assunse una espressione pensosa e il tono della voce si fece più accorato: «E della guerra, suo nonno, le parlava mai?».

«A differenza di tanti suoi coetanei, sempre prodighi di ricordi e aneddoti bellici, no. Se qualcuno gli chiedeva notizie della sua esperienza al fronte rispondeva seccamente che non ne voleva parlare. Che aveva visto troppi uomini morire e morire male. Che, solo dopo la sua dipartita (lui la chiamava ironicamente "il mio trasloco prossimo venturo"), noi eredi avremmo potuto consultare il suo diario. Un diario, diceva lui, che conteneva un segreto inconfessabile. Io e mia madre abbiamo sempre pensato che questa affermazione fosse una delle sue burle, per tenerci in sospeso. Come le ho detto, non ho letto tutto il diario, l'ho soltanto scorso. Ma a parte descrizioni di battaglie cruente e di alte considerazioni sul destino dell'uomo, non mi pare di aver trovato misteri indicibili…»

«Chissà… Ora mi ha messo una grande curiosità» disse Luce con evidente eccitazione.

«Domani potrà vedere lei stessa con i suoi occhi. Che sicuramente sono più acuti dei miei! Spero proprio che riesca a sapere qualcosa sul suo bisnonno e riuscire così ad adempiere al suo voto. I voti non soddisfatti sono una iattura, una spada di Damocle che pende sempre sulle nostre teste…»

«Lei se ne intende di voti? Da come parla sembrerebbe di sì…»

«Il primo lo feci a dodici anni, spinto da un frate cappuccino, un sant'uomo, che veniva a scuola per confessarci. Quel solenne impegno, per quanto ci abbia provato, non sono riuscito a rispettarlo e ho vissuto per anni con il timore di finire all'inferno per non aver adempiuto al voto. Non le dico niente di più per pudore...»

«Be', posso comprendere: siamo stati tutti adolescenti. Ma mi dica: ora è più sereno rispetto alla prospettiva dell'inferno?» scherzò Luce.

«Sì, perché non ho più timore di finirci. Ne ho la certezza! E non per quei peccatucci da adolescente ormai prescritti...»

«E per che cosa, allora?»

«Perché ho la lingua appuntita e non riesco sempre a tenerla a posto...»

Alla fine del pasto, Luce provò a pagare il conto. Marco fu irremovibile: «Sono un uomo all'antica, glielo ho detto».

«Ma sono io che le ho dato una seccatura. È come se fosse un pranzo di lavoro, in Francia ormai c'è la totale parità sui pranzi di lavoro...»

«Qui siamo in Italia. E mi lasci aggiungere che per me non è stato un pranzo di lavoro, ma un'occasione di conversazione estremamente piacevole.»

Al momento del congedo Luce pensò che sì, aveva azzeccato la terza qualità del dottor Grillo: era un uomo generoso, oltre che galante.

Appena salita su un taxi, direzione Trastevere, diede un'occhiata al cellulare, che aveva silenziato. C'erano diverse chiamate di Gérard. Lo richiamò. E lo aggiornò sui progressi della giornata, ma omise scientemente un particolare: che, l'indomani mattina, sarebbe rimasta, non si sa per quanto tempo, sola in casa in compagnia di un uomo interessante.

Col de le Palue, 17 maggio 1916

Stamattina, poco dopo l'alba, reparti austriaci con le uniformi mimetiche bianche, discesi dall'alto, hanno attaccato di sorpresa la nostra posizione avanzata di Busa d'Orso. Un nostro plotone, lì di guardia, è stato facilmente sopraffatto. Il maggiore Leone, comandante di battaglione, ci fa chiamare a rapporto. Tocca a noi, alla mia compagnia, tentare la riconquista della Busa. È il battesimo del fuoco. Si parte tra un'ora. Ho giusto il tempo di aggiornare le pagine di questo diario. Potrebbe essere l'ultima volta. Mi frullano nella mente le parole del povero Mezzanotte: «In fondo si muore una volta sola...».

A notte fonda abbiamo fatto rientro alla base. Sono vivo e la Busa d'Orso è tornata in mani italiane. Abbiamo avuto delle perdite, quattro soldati uccisi, nove feriti, di cui tre gravi, ma per gli austriaci è andata molto peggio. Diversi di loro, almeno il doppio dei nostri, sono rimasti sul terreno e una mezza dozzina sono stati fatti prigionieri.

Nell'azione di riconquista si è particolarmente distinto Antonio, il gigante di Tivoli. Per lui ho chiesto un encomio solenne. Mentre tutto il plotone fronteggiava il fuoco nemi-

co, avanzando lentamente sul terreno scosceso, lui insieme ad altri due compagni hanno aggirato la postazione e sono calati dall'alto dentro la trincea: hanno preso alle spalle i nemici, gettando bombe a mano e sparando all'impazzata, seminando il panico.

A quel punto – non avendo il nemico avuto il tempo di stendere i reticolati – ho ordinato al mio plotone di partire alla carica con le baionette innestate: «Avanti Savoia!». Come un sol uomo, sono saltati dentro la trincea occupata dagli austriaci. Ci sono stati dei corpo a corpo violenti. Anch'io ho sparato dei colpi con la pistola, ho colpito un soldato austriaco. Non dimenticherò mai la sua smorfia, un misto di sorpresa e di dolore, prima di accasciarsi a terra.

Alla fine, sopraffatti dalla nostra furia e anche dalla nostra superiorità numerica, la sparuta pattuglia austriaca si è dovuta arrendere. Per un'ora buona siamo stati sotto la minaccia del bombardamento dell'artiglieria nemica da Cima Bocche: qualche colpo è arrivato nelle vicinanze, sparato con poca convinzione e ancor minori effetti.

Al calare del sole ho comunicato personalmente, per telefono, al maggiore Leone l'esito positivo della missione. Ci ha fatto i complimenti, ordinandoci di mantenere la posizione fino all'arrivo del cambio, che è arrivato attorno alle 22.

Sulla strada per il ritorno, al buio, tra gli uomini c'era un silenzio di tomba. Nessuna enfasi, nessuna contentezza. Antonio mi ha detto: «Tenente, è come quando scanni le bestie… La prima volta fa impressione, la seconda sei già abituato, la terza non ci fai più caso. Ma queste non sono bestie, sono figli di Dio come noialtri».

So che il mio dovere di ufficiale sarebbe stato quello di

rimproverarlo, ricordandogli il sacro dovere di liberare il territorio italiano dall'oppressore, e di instillargli l'odio per il nemico. Ma davanti agli occhi avevo l'espressione terrea del ragazzo che avevo ucciso e sentivo, nel profondo, che aveva ragione Antonio. Non potendo, però, acconsentire, ho scelto l'unica strada possibile: quella del silenzio.

P.S. Non ho avuto più notizie dirette di Mezzanotte, ma pare che se la sia cavata con l'amputazione di una mano.

Viale Regina Margherita

Alle 10.45 della mattina seguente Luce passò davanti al portiere di viale Regina Margherita 37, senza neanche degnarlo di uno sguardo. L'uomo rispose al fuoco guardandola in cagnesco.

L'ascensore – Marco abitava al secondo piano – era uno di quelli antichi, in legno, con la gettoniera, i pulsanti in ceramica e le porte da chiudere a mano con una certa attenzione. Arrivata al piano, si diresse verso la porta dove una vecchia targa di ottone indicava: AVV. GAETANO GIARDINA, STUDIO LEGALE.

Suonò. Poco dopo Marco venne ad aprirle. Aveva un paio di jeans e un maglione blu a collo alto.

«Buongiorno architetta.»

«Buongiorno a lei, dottore» rispose Luce facendogli il verso.

«Si accomodi. La farei entrare nel salotto liberty, è quello della casa di Caltanissetta, mio nonno volle portarlo a Roma quando si trasferì. È bellissimo, ma è talmente scomodo...»

Luce insistette almeno per vederlo. Marco la precedette in un lungo corridoio con i tubi del riscaldamento di ghisa a vista, le aprì una porta a vetri sulla destra e, dopo aver acceso la luce, la fece entrare in una stanza dove al centro era collocato un pianoforte di legno scuro, circondato da mobili in stile, color ciliegio – un divano con specchiera, un'alzata, una vetrina che arrivava al soffitto, due poltrone, numerose sedie – con una tappezzeria fiorata sui toni del verde muschio. Era proprio come se l'era immaginato, durante la scena della poesia sul cachì.

«Questo salotto» spiegò «era l'orgoglio di mia madre. A mia nonna, invece, donna veneta dal senso pratico, tutti questi ghirigori non piacevano. In più, lo trovava scomodo e poco funzionale. Fosse stato per lei, alla morte di nonno lo avrebbe venduto o ne avrebbe fatto legna da ardere. Ma mia madre, più sicula che veneta, si oppose strenuamente. Quando la nonna morì, mamma spese un capitale per farlo restaurare. A me piace molto, ma effettivamente la seduta è disagevole, per cui la pregherei di seguirmi nello studio. Lì saremo sicuramente più comodi.»

Luce rimase un attimo come imbambolata a guardare lo stupefacente salotto dalle linee tanto ardite e dalle gambe così sottili che sembrava potesse rompersi da un momento all'altro. Poi si mise a seguire l'uomo per il lungo corridoio.

«Pensi che quando ero piccolo andavo su e giù per questo corridoio con il monopattino… Avevo delle pesanti scarpe ortopediche con i lacci, e la signora del piano di sotto, la vedova Valveri, veniva sempre su a protestare per il fracasso…»

«Ma quanto è grande questa casa?» chiese Luce pensando al miniappartamento parigino che divideva con Gérard.

«Enorme, sono 240 metri quadri.»

«E ci vive da solo?»

L'uomo annuì: «Lo so, è troppo grande per me. Mi costa un capitale per il riscaldamento, che è centralizzato, e per il condominio. Ma ci sono troppo affezionato. Non riuscirei ad andarmene per nulla al mondo.»

«Potrebbe dividerla in due unità, visto che ci sono i doppi ingressi, e affittarne una...» suggerì lei con piglio esperto.

«Prima o poi mi deciderò in tal senso. Ma finché posso me la tengo così. È una sorta di casa-museo. Se dovessi cambiare idea le chiederò un parere professionale...»

La donna, sorridendo, rispose: «Per quel poco che ho capito di lei, questa casa se la terrà sempre e comunque così, tutta intera, anche se dovesse cadere a pezzi...»

«Ha colto nel segno, temo... Ecco lo studio del nonno Titino, che ora è anche il mio» le annunciò invitandola a entrare.

Se non fosse stato per il moderno computer che troneggiava sulla scrivania, Luce avrebbe pensato di essere giunta in quella stanza attraverso la macchina del tempo. Tutto il mobilio, infatti, era originale, di fine Ottocento, di legno antico, color miele, con intarsi che rappresentavano foglie e frutti. Dietro la scrivania, sul muro, erano appesi un vecchio crocefisso di ceramica e una pendola dello stesso stile che scandiva il tempo, da chissà quando, con assoluta precisione. Sulla parete di sinistra, in ampi scaffali chiusi da vetrine, erano allineati centinaia di vecchi libri, con il dorso in pelle e le scritte dorate. Sulla parete di destra altri scaffali a vista, pieni di foto in bianco e nero, pipe, diplomi, statuine e altri ricordi. Anche il lampadario e la lampada da tavolo risalivano allo stesso periodo.

Unica nota stonata, delle foto a colori. Luce le mise a fuoco. C'erano due uomini appesi su una parete di montagna, con caschi, corde e imbracature.

«Ma quello è lei?» chiese.

«Sì, con il mio amico guida alpina. La foto è dello scorso anno. Stavamo salendo sullo spigolo della Torre Delago, sul Catinaccio. Sa, nonostante l'età cerco di tenermi in forma.»

Marco le indicò poi due poltroncine charleston testa di moro con un tavolinetto di radica al centro e la invitò ad accomodarsi. Le chiese se desiderava un caffè, ma al diniego di lei si sedette anche lui. Prese dal tavolinetto una cartellina di cartone color mattone, chiusa da un nastro grigio, rimase per un attimo a contemplarla, poi la porse a Luce.

«Ecco il diario di guerra di mio nonno... Sono fogli sparsi, non rilegati, non sempre c'è l'indicazione della data, mai il numero di pagina. Ieri sera li ho messi a posto, erano un po' in disordine. Glieli lascio consultare in pace, si prenda tutto il tempo che vuole. E se le serve fotografare qualche pagina, c'è lo scanner dietro la scrivania...»

L'uomo stava per alzarsi, ma Luce lo fermò appoggiandogli la mano sul braccio: «Se non ha da fare, posso chiederle di consultarlo insieme? Provo una certa emozione...». In effetti, il cuore le batteva forte.

«Come le ho detto ieri, sono di corta, praticamente un giorno di vacanza. E quindi completamente a sua disposizione» rispose Marco, inforcando un paio di occhialetti da lettura. «Mi ricorda la data di morte del suo bisnonno?»

«La lettera di suo nonno alla mia bisnonna è dell'11 agosto del 1916, quindi dovrebbe essere il giorno prima, il 10.»

«E come si chiamava il suo bisnonno?» Marco riprese in mano il diario.

«Antonio Crespi.»

«Il diario non è lungo. E inizia il 18 aprile 1916. A volte ci sono poche righe per descrivere la giornata al fronte. E spesso non ci sono nemmeno tutti i giorni. Probabilmente quando c'erano i combattimenti il nonno non riusciva a scrivere. So che fu anche ferito, lievemente per sua fortuna, e che fece qualche giorno nell'ospedale da campo, dove conobbe mia nonna...»

«Se è d'accordo, potremmo procedere così» azzardò Luce, «ci dividiamo i fogli. Lei comincia a leggere dal 18 aprile in avanti, io dal 30 agosto a ritroso. Che ne pensa?»

«Mi sembra un'ottima idea» rispose Marco.

Si divisero le pagine e si immersero nella lettura. Poco dopo Marco fece: «Ecco, ho trovato, legga qui. Mio nonno, in data 12 maggio, parla per la prima volta di Antonio, un pezzo d'uomo, della provincia di Roma...».

Luce alzò la testa dai suoi fogli e disse: «Il mio bisnonno era un gigante. Forse è proprio lui». Depositò i suoi fogli sul tavolino, si alzò, si rimise a sedere sul bracciolo della poltrona di Marco e cominciò a sbirciare dall'alto: «Non sono molte le pagine dal 12 maggio al 10 agosto, vediamole insieme».

Lessero ad alta voce, alternandosi. Antonio Crespi era citato almeno cinque o sei volte. Marco e Luce si soffermarono particolarmente su un passaggio, l'ultimo, in cui comparivano riferimenti molto precisi al bisnonno della donna.

Col de le Palue, 18 luglio 1916

Oggi ci sono stati molti movimenti di truppe. La mia compagnia, insieme ad altre provenienti da diverse brigate, è stata spostata nelle trincee di Cima Juribrutto, a quota 2323. Arriviamo in serata e fa freddo. C'è stata una forte escursione termica, da 24 gradi di mezzogiorno ai 5 appena di stasera. Anche il comando della brigata, da Falcade, si è trasferito qui. È il segnale dell'imminente attacco in grande stile a Cima Bocche, il momento tanto temuto è giunto.

Gli uomini sono tesi, ma non lo danno a vedere. Chi si fa la barba, chi scrive, chi prega, chi si confessa. Il cappellano, don Marcello, non ha mai avuto tanto da lavorare come in queste ore per confortare, incoraggiare e assolvere. C'è però stato un diverbio, spiacevole assai, tra l'aspirante Lupattelli, che non perde occasione per dimostrare la sua arroganza, e il fante Antonio, il filosofo, in difesa del quale sono dovuto intervenire energicamente.

Mentre quest'ultimo era inginocchiato in preghiera, in un angolo buio della trincea, Lupattelli lo ha deriso: «Cosa credi, Crespi? Che, pregando, Dio ti salverà dalla morte? Pregare prima della battaglia è roba da vecchie beghine. Gli uomini coraggiosi non pregano, attendono il loro destino senza rifugiarsi a frignare santi e madonne...».

Crespi si è alzato inferocito e con quelle mani giganti ha mimato un pugno sotto il mento dell'aspirante. Il quale ha tirato fuori dalla fondina la pistola e l'ha puntata su Crespi urlando: «Che fai? Mi minacci? Questa è insubordinazione, ti spedisco alla Corte Marziale».

Sono intervenuto io, unico testimone del fattaccio. Ho detto all'aspirante che a provocare la reazione di Antonio era stato lui e che comunque, se proprio voleva spedirlo al tribunale militare, io avrei testimoniato a favore di Crespi e contro di lui. E che, visto che non c'erano altri militari presenti, le mie dichiarazioni di ufficiale sarebbero state decisive.

Lupattelli ha rinfoderato la pistola e se ne è andato, dopo aver sibilato sul viso di Antonio una minaccia: «Pezzente, prima o poi te la faccio pagare».

Allora ho rincorso l'aspirante, l'ho preso per una spalla e gli ho detto a brutto muso: «Ringrazi che non farò rapporto. Ma è l'ultima volta che succede...». Poi sono ritornato da Antonio. Aveva una lagrima di rabbia che gli solcava il viso.

Mi ha guardato con gratitudine e mi ha detto: «Tenente, lei è una brava persona...». Io gli ho risposto che siamo tutti sulla stessa barca, brave persone e meno brave, e che è del tutto inutile che ci facciamo la guerra tra noi, visto che già dobbiamo farla agli imperialregi...

Pagine perdute

«Che storia! Suo nonno era un grande...»

«Un galantuomo sicuramente. E questo Lupattelli un grande... stronzo. Ma purtroppo su Antonio Crespi non mi pare che vi sia niente altro.»

«Già, mi sembra di capire che il diario non ci sia di grande aiuto... Questo passaggio che abbiamo appena letto è l'ultimo in cui il mio bisnonno viene citato. E mancano completamente i riferimenti ai giorni in cui, presumibilmente, è morto» disse Luce con aria delusa.

«Così parrebbe. Nonno Titino parla della grande battaglia per la conquista di Cima Bocche, 19-24 luglio, poi ripresa ai primi di agosto. Ma è come se saltasse completamente un pezzo di racconto. Mi sembra davvero strano che, visto l'affetto che mio nonno portava per Antonio, non abbia dedicato alla sua morte nemmeno un cenno.»

«Sembra strano anche a me» ribatté Luce, mentre Marco sfogliava le pagine del diario in cerca di conferme.

«Un momento» fece lui con aria seria, «forse ho risolto il mistero.»

Luce lo guardò con aria interrogativa.

«Guardi qui! Le pagine, come le dicevo, non sono numerate, ma il nonno aveva l'abitudine di scrivere tutto di seguito. Questa pagina, datata 3 agosto» disse porgendo il foglio alla donna, «finisce con una frase troncata: "*E quanto sangue ancora si spargerà su quei sassi e su quei prati nei giorni...*". Mentre la pagina successiva inizia con un periodo a cui manca chiaramente l'incipit: "... *può giungere la malvagità e l'insipienza degli uomini. Malvagità e insipienza, alle quali ho cercato di porre rimedio, come ho potuto, seguendo la mia coscienza e il senso di pietà che hanno prevalso sulle imposizioni, sugli ordini e sul cosiddetto senso del dovere*". Subito dopo questa frase il nonno segna la data dell'11 agosto, il giorno in cui Titino ha scritto la lettera alla sua bisnonna. Mi pare allora abbastanza evidente che manchino delle pagine!»

Luce si fece dare i due fogli, li stese sul tavolino per confrontarli e li esaminò accuratamente.

«Non c'è dubbio» confermò in preda a una febbrile eccitazione. «Il diario presenta delle lacune.» Si fermò un attimo a riflettere, poi proseguì, con sicurezza: «Non c'è solo la frase monca, che non corrisponde a quella della pagina seguente. Ma anche un salto logico nel contenuto. C'è infatti, nel secondo foglio, un accenno abbastanza evidente a qualcosa che lo ha turbato e che lo ha costretto a compiere qualche azione contro la disciplina militare. Un episodio, un fatto che lo ha messo seriamente in crisi e del quale non si fa alcun cenno nelle pagine precedenti... Quindi, mi chiedo e le chiedo, non è possibile che sia stato Titino stesso a espungere alcune pagine dal suo diario? Potrebbe aver commesso qualcosa di illecito e poi fatto sparire le prove, per vergogna o per timore delle conseguenze! Marco, che ne pensa?»

«Effettivamente è possibile. E poi, ricorda? Nonno parlava di un mistero contenuto nel diario… Come si dice in TV, il giallo si infittisce» commentò Grillo.

«Mi ricorda» chiese Luce «dove era conservato il diario?»

«Nella casa di famiglia a Caltanissetta. Alla morte del nonno, la zia Maridda, la sorella di mia madre che vive ancora in Sicilia, ce lo portò quando venne a Roma per il funerale. Ci disse che lo aveva trovato in soffitta sopra un baule con altri ricordi di guerra e che, visto che a lei non interessava, ce lo regalava volentieri…»

«Disse proprio così» scoppiò a ridere Luce, «che a lei non interessava il diario del padre?»

«Eh, dovrebbe conoscerla zia Maridda. Ha ottantanove anni, è una zitella di ferro, e una delle donne più stravaganti e a suo modo simpatiche che abbia mai conosciuto…»

«Ottantanove anni… Accidenti! Ma vive ancora nella stessa casa di famiglia?»

«Certamente. E chi la schioda da lì? Pensi che quando i nonni, dopo la Seconda guerra mondiale, decisero di trasferirsi a Roma, lei s'impuntò e tante ne disse e ne fece che riuscì a rimanere in Sicilia.»

«Mi perdoni, Marco… Ma in quel baule pieno di ricordi non potrebbero essere finite le pagine mancanti del diario?»

L'uomo ebbe come un'illuminazione. «C'è un unico modo per saperlo» disse. «Quello di andare insieme a Caltanissetta a trovare zia Maridda…»

Luce lo guardò con vero stupore: «Davvero mi porterebbe con lei in Sicilia?».

«Si figuri, è un piacere. Non vedo zia Maridda dal funerale di mia madre, e poi mi sono appassionato alla storia di mio nonno, mi interessano quelle carte. Sono ormai diventato il biografo ufficiale della mia famiglia. Però devo avvisarla, ho un problema...»

«Mi dica...»

«So che le parrà ridicolo, ma evidentemente ho ereditato qualche lato paranoide di famiglia!»

«Non mi tenga sulle spine...»

«In Sicilia dobbiamo andarci in treno. Io ho una fottuta paura di volare!»

Luce sospirò, tirò fuori dalla borsetta blu di Celine – un prezioso regalo di Gérard per il suo compleanno – il cellulare ed entrò sul sito delle ferrovie. Il primo treno utile per Catania partiva da Termini il giorno dopo alle 8. E sarebbe arrivato a Catania alle 18.

«Va bene» disse, non riuscendo del tutto a nascondere la sua contrarietà per la levataccia e il lungo viaggio che le si prospettavano, «ci vediamo in stazione domani alle 7.45.»

Quando tornò nella casa di Trastevere, Luce trovò una grande busta di carta beige nella cassetta della posta. Proveniva dell'Archivio storico dell'Esercito. L'aprì impaziente mentre saliva le scale. Dentro vi era la fotocopia a colori del diario di guerra della brigata Tevere e un biglietto di saluto, scritto con calligrafia svolazzante, del cortese maggiore.

Lo gettò sul letto e cominciò a sfogliarlo. Era una specie di quadernone a righe in cui, giorno per giorno, venivano annotati con uno stile piuttosto burocratico i fatti salienti della vita della brigata: dislocazione dei reparti, ordini ricevuti, operazioni eseguite, tempo atmosferico e perdite (morti, feriti e dispersi) a fine giornata. Ogni rapporto giornaliero era firmato in calce dal colonnello comandante della brigata, la firma era seguita da un timbro tondo con inchiostro rosso. Scorse rapidamente le pagine fino ad arrivare al 10 agosto, data presumibile della morte di Antonio Crespi. Con sua grande sorpresa, lesse che le perdite della giornata assommavano a sette militari feriti, nessun morto e nessun disperso. Quindi, secondo il rapporto, quel giorno non era morto nessuno! Un altro bel mistero...

Luce cominciò a fare elucubrazioni: forse il tenente Giardina si era sbagliato sulla data di morte e il bisnonno era stato colpito nei giorni precedenti, durante i combattimenti per la fallita conquista di Cima Bocche. Ma improvvisamente le sovvenne un ricordo decisivo. Nonna Nietta le aveva spesso raccontato che il padre era tornato a Tivoli in licenza dal fronte per vederla, giusto qualche giorno dopo la sua nascita avvenuta il 26 luglio del 1916. Quindi, con ogni probabilità, più o meno nella prima settimana di agosto, doveva aver passato qualche giorno lontano dal fronte e dall'infuriare della battaglia.

Continuò a sfogliare avanti e indietro la copia del diario di guerra, in cerca di qualche indizio. Notò che i rapporti giornalieri erano scritti da mani diverse. Evidentemente gli ufficiali si alternavano alla loro compilazione. Tornò al rapporto del 10 agosto. In fondo alla pagina, mancavano sia la firma del comandante sia il timbro. Un'altra anomalia... Cominciavano a essere troppe.

Spense la luce e, dopo aver chiacchierato un po' con Gérard al telefono, annunciandogli il suo prossimo viaggio in Sicilia, provò a addormentarsi. Ma dopo appena un quarto d'ora accese la lampada e balzò a sedere sul letto: aveva avuto una folgorazione! La grafia con cui erano stati scritti i rapporti quotidiani dal 6 agosto in poi, 10 agosto compreso, le pareva familiare. Controllò l'ora, erano passate da poco le 23. Inviò un messaggio a Grillo, sperando che fosse ancora sveglio: «*Marco, scusi l'ora, ma non riesco a dormire. Mi è venuta una sorta di illuminazione. Mi manderebbe le foto di qualche pagina del diario di suo nonno?*».

L'uomo rispose a stretto giro: «*Senz'altro. Ma di quali giorni?*».

«*Non importa, devo solo confrontare la grafia…*»

Dopo pochi minuti arrivarono sul cellulare di Luce le foto di una decina di pagine del diario del tenente Giardina. Luce ne scelse una a caso e, utilizzando le dita, ingrandì un particolare. Lo mise a confronto con il diario di guerra della brigata Tevere del 10 agosto 1916. Non c'era bisogno di essere dei grafologi esperti: senza alcun dubbio, il bollettino di guerra di quel giorno era stato scritto proprio dal tenente Giardina!

Nella nebbia fitta che ancora avvolgeva la morte del suo bisnonno Antonio, c'era un punto fermo inoppugnabile: nei due diari, quello privato e quello di guerra, c'erano sicuramente delle omissioni. E tutte ruotavano intorno alla misteriosa figura del tenente Giardina.

Comunicò per WhatsApp la scoperta a Marco che la gelò: «*Interessante… Buonanotte, a domani!*».

Cima Juribrutto, 28 luglio 1916

Riprendo a scrivere il mio diario, dopo nove giorni di duro combattimento, durante i quali abbiamo tentato, senza successo, la conquista di Cima Bocche. Secondo l'Alto Comando, l'obiettivo riveste un'importanza strategica per penetrare nella Val di Fassa e, da essa, puntare verso Bolzano, tagliando in due il fronte nemico. Cima Bocche è una montagna brulla e sassosa, a forma di piramide, la cui rocciosa parete nord – praticamente inespugnabile – cala a picco nella Valle di San Pellegrino sopra la Busa d'Orso. Più facile l'accesso da sud dove l'altezza del monte si stempera per erti piani erbosi, che culminano, a circa 300 metri dalla cima, con un piccolo lago alpino o per le ripide creste orientali che la separano dalla limitrofa Cima Juribrutto, avamposto trincerato del nostro esercito.

Il 19 luglio ha piovuto tutto il giorno, pioggia fredda e incessante. Approfittando della nebbia, che è calata fitta fin dal pomeriggio, alle ore 21 ci è stato dato l'ordine di avanzare a sud del costone di Bocche, in attesa di altri ordini. Dietro di noi sono posizionate due batterie di bombarde. Abbiamo passato la notte all'addiaccio, zuppi e infreddoliti, dentro il fitto bosco di larici e abeti. All'alba al mio reggimento, il 215, è stato dato l'ordine di avanzare sul costone di Bocche, in direzione della cima. Il 216 deve avanzare verso ovest, per la Val Minera. Si tenta un'operazione a sorpresa, con una manovra a tenaglia su Cima Bocche.

Le nostre artiglierie tacciono, per non allertare il nemico. Ma un temporale, tanto improvviso quanto violento, rende il terreno pesante e fangoso, marciamo lenti e con estrema difficoltà e la lentezza finisce per annullare l'effetto sorpresa. Quando i nostri primi fanti si affacciano sul prato al limitare del bosco, gli austriaci sono già pronti ad accogliergli con granate e colpi di mitraglia. Non di meno, l'avanzata procede. Il mio battaglione riesce a raggiungere quota 2610, dove cominciano i reticolati posti a difesa del cosiddetto «Osservatorio», una cima secondaria del gruppo di Bocche, ben fortificata dagli austriaci.

Comincia dall'alto un fuoco infernale di fucili, mitraglie e poi di artiglieria, che ci impedisce di avanzare nel ripido canalone oltre i reticolati. Retrocediamo per qualche decina di metri, giusto per non farci investire dalla valanga di colpi. Una squadra del genio, intanto, viene spedita a piazzare i tubi di gelatina sotto i reticolati, ma viene spazzata via dalle raffiche di mitragliatrici. Sono molti i nostri che cadono sotto i colpi del nemico.

Riceviamo l'ordine di ripiegare e poi, di nuovo, di attaccare. Ma il combinato reticolati-mitragliatrici crea un muro impenetrabile. Verso sera l'ordine è di consolidare le posizioni, ci si ripara dietro i sacchi di sabbia e si contano morti e feriti. Il 216 è riuscito ad avanzare più di noi, ma è ancora molto lontano dall'obiettivo.

La mattina del giorno successivo, il 21, arriva l'ordine di proseguire l'attacco lungo le stesse direttrici. Il comando di Divisione raccomanda di condurre le operazioni «con la massima energia». Ma non si vede perché oggi – più stanchi e con meno uomini – dovremmo riuscire dove abbiamo fallito ieri. E, in effetti, il risultato è una nuova carneficina. Ovunque i nostri vengono respinti, senza riuscire nemmeno a infliggere perdite al nemico. Sembra un tiro a segno, dall'alto, contro di noi. Finalmente, nel pomeriggio, qualche nostro ufficiale illuminato riesce a convincere il comando di Divisione che è inutile insistere nell'attacco frontale a Cima Bocche senza una preventiva azione di artiglieria capace almeno di distruggere i reticolati. Nella serata arrivano i rinforzi. I reparti vengono "rinsanguati", come si usa dire nel sinistro ma efficace gergo militare.

Nei giorni successivi si prova a cambiare tattica. Non più l'attacco frontale alla postazione di Cima Bocche, quanto il tentativo di isolare la cima dai rifornimenti provenienti dalla valle, tagliandola fuori attraverso l'occupazione della forcella di Bocche, posta alla nostra sinistra rispetto alle cime principali. Ma anche questo tentativo è destinato a fare un buco nell'acqua. Gli uomini sono esausti. Non dormono praticamente da cinque giorni, esposti al freddo, al vento, alla pioggia e al martellante fuoco nemico. E il rancio non sempre riesce ad arrivare. Non di meno, si battono come leoni. Gli assalti, sempre respinti, durano per tutti i giorni successivi ma non si riesce ad avanzare di un metro, nonostante le nostre bombarde siano finalmente riuscite ad aprire qualche varco nei reticolati. Ma è una battaglia impari per le condizioni del terreno, siamo costretti ad arrampicarci faticosamente lungo canaloni scoscesi e protetti da barriere di filo spinato, mentre il nemico ci spara e ci bombarda dall'alto. Solo il 27 sera arriva l'ordine di desistere dall'attacco e, come al solito, di rafforzare le posizioni.

Ci acquattiamo nelle trincee, piene di fango e cadaveri. Ogni giorno piove sulla nostra testa qualche proiettile di artiglieria. Anche i nostri pezzi sparano, ma il nemico è ben protetto, dentro grotte e gallerie scavate nella roccia. Noi, invece, fatta eccezione per piccoli muretti di pietre, siamo praticamente in campo aperto.

Non riusciamo più nemmeno a tenere il conto di morti, feriti e dispersi. Tra i miei uomini, Angelo, il sarto, è stato colpito mortalmente da una fucilata nel petto, nei pressi del Lago di Bocche. Era un brav'uomo, onesto e leale. La sua scomparsa ha causato molta tristezza nella compagnia. Sono riuscito, di notte, a far recuperare il corpo, rimasto impigliato nel filo spinato. Nella mano destra stringeva ancora il fucile, in quella sinistra un rosario. È stato sepolto alla bell'e meglio nel cimitero della Val Minera, accanto agli altri caduti della Tevere. Ho scritto una lettera personale alla povera moglie. Non posso immaginare quale dolore possa provocare la notizia di queste morti tra i familiari…

Ora sembra che ci aspettino dei giorni di relativa calma. Ma la presa di quella maledetta montagna è ancora in cima ai pensieri dei nostri generali.

Dopo l'offensiva austriaca negli Altipiani, con il nemico che è penetrato in profondità sul suolo italiano, Cadorna ha ordinato a tutti i comandi di far rispettare la disciplina in modo ancora più ferreo, invitando a punire con la pena capitale non solo le diserzioni o i tradimenti, ma anche quelli che lui chiama i casi di «riluttanza e di esitazione nel compiere il proprio dovere in faccia al nemico».

Mi rimbombano nelle orecchie le parole delle circolari che Cadorna ha voluto far distribuire a tutti gli ufficiali nei primi giorni del conflitto e che molti di noi hanno persino mandato a memoria:

> Deve ogni soldato esser certo di trovare, all'occorrenza, nel superiore il fratello od il padre, ma anche deve essere convinto che il superiore ha il sacro potere di passare immediatamente per le armi i recalcitranti ed i vigliacchi. Nessuno deve ignorare che in faccia al nemico una sola via è aperta a tutti: la via dell'onore, quella che porta alla vittoria od alla morte sulle linee avversarie; ognuno deve sapere che chi tenti ignominiosamente di arrendersi o di retrocedere, sarà raggiunto – prima che si infami – dalla giustizia sommaria del piombo delle linee retrostanti o da quello dei carabinieri incaricati di vigilare alle spalle delle truppe, sempre quando non sia stato freddato prima da quello dell'ufficiale. Per chiunque riuscisse a sfuggire a questa salutare giustizia sommaria, subentrerà, inesorabile, esemplare, immediata – quella dei tribunali militari; ad infamia dei colpevoli e ad esempio per gli altri, le pene capitali verranno eseguite alla presenza di adeguate rappresentanze dei corpi. Anche per chi, vigliaccamente arrendendosi, riuscisse a cader vivo nelle mani del nemico, seguirà immediato il processo in contumacia e la pena di morte avrà esecuzione a guerra finita.

C'è molto, comprensibile nervosismo tra i nostri ufficiali superiori. I nostri soldati finora hanno avuto un comportamento eroico, nonostante l'irragionevolezza di alcuni ordini di attacco. Ma sono sfiniti e sfiduciati. Adesso riposeranno per qualche ora o magari qualche giorno, chissà. Ma, ben presto, ne sono sicuro, ci daranno l'ordine di assaltare di nuovo. E non so davvero se tutti i miei poveri fanti riusciranno a essere, ancora per molto, fulgidi esempi di resistenza, coraggio e valore…

Marco

Dopo essersi accomodati sul treno – una lumaca che si fermava in tutte le stazioni della Campania e della Calabria prima di imbarcarsi sul traghetto a Villa San Giovanni – Luce fissò il suo interlocutore e, con aria severa, gli chiese: «Ha portato almeno un mazzo di carte?».

«No, in verità...»

«E una scacchiera?»

«Neanche...» rispose Marco, allargando le braccia.

«E allora, visto che questo viaggio dura quasi dieci ore, per farmi passare il tempo dovrà sottoporsi al fuoco di fila delle mie domande.»

«Accetto con piacere. Cominci pure...»

«Che cosa mi racconta, prima di tutto, di lei?»

«Che faccio il giornalista, in un quotidiano medio-piccolo. In redazione non siamo in tanti, per cui mi devo occupare di tutto, dalla politica alla cronaca, alla cultura.»

«E perché ha scelto questa professione?»

«Professione? Io in realtà preferisco chiamarlo mestiere. L'attività del cronista, salvo rari casi, non è arte, non è creazione. Nell'attività quotidiana, salvo rare eccezioni, siamo né più e né meno assemblatori di pezzi altrui, presi qua e là: un fatto, una dichiarazione, un documento…»

«Non sembra avere molta stima della sua categoria.»

Il giornalismo sta alla verità come la cartomanzia sta alla metafisica…»

«Bella, è sua?»

«No, magari… È di Karl Kraus, scrittore e giornalista austriaco, autore di brucianti aforismi e grande fustigatore dei costumi.»

«Questo Kraus ha detto qualcosa sugli architetti?»

«Non credo, ma non posso escluderlo… Comunque, per tornare alla sua domanda: ero destinato a ereditare lo studio legale da mio nonno o quello medico da mia madre. Ma al liceo m'imbattei in un professore di lettere, Walter Mauro, che si divideva tra l'insegnamento e la critica letteraria e musicale. Un uomo affascinante, dalla cultura sterminata, allievo di Ungaretti, che aveva conosciuto Sartre ed era amico di Miles Davis, di Borges e di tanti altri. Nella mia continua ricerca di figure paterne sostitutive, l'ho amato alla follia. E lui, a suo modo, ha ricambiato. A noi, ragazzini un po' viziati dei quartieri bene di Roma, ha letteralmente aperto e cambiato la testa. Le sue lezioni erano straordinarie: zeppe di riferimenti alla letteratura internazionale, alla musica, alla filosofia, alla politica, alla psicanalisi. Fu in quegli anni che capii una cosa: volevo diventare come lui. Pensavo che diventando giornalista avrei potuto cambiare il mondo…»

«E invece?»

«Invece devo essere contento, arrivato ai cinquant'anni e passa, di sapere che il mondo non ha cambiato me.»

Luce sorrise. Ci stava prendendo gusto. «Va bene, mi ha

parlato del suo lavoro. Ora mi dica qualcosa di personale. Qual è la sua storia?»

«Vuol sapere se sono sposato? La mia risposta è no. Non ho figli e nemmeno fidanzate, al momento… E lei?»

«Ho un compagno, un convivente, a Parigi.»

«Ed è felice?»

«Non mi manca nulla, quindi direi di sì.»

«E la sua infanzia è stata felice?»

«No, per nulla. Ho perso mia mamma quando avevo appena sette anni. Mio padre si risposò un paio di anni più tardi con una vera arpia. Io e mia sorella – è una gemella – la chiamavamo la Strega di Biancaneve! Ebbene, la convivenza con lei era così difficile che decidemmo, con mia sorella, di andare a vivere a casa dei nonni a Tivoli. Avevamo sì e no tredici anni!»

«Anch'io ho una storia simile. I miei si erano separati subito dopo la mia nascita. Mio padre soffriva di ricorrenti turbe psichiche e mia madre preferì allontanarlo da casa, perché potessi crescere in un ambiente sano. Fu per lei, cattolicissima, una scelta molto sofferta. Una parte della famiglia era contrarissima e dopo la separazione – erano i primi anni Sessanta, figuriamoci! – alcuni familiari la misero all'indice, si vergognavano di lei. Non i nonni, che invece le rimasero accanto. Però questo stigma sociale che in qualche modo subì, fu per lei un duro colpo, che si univa alla consapevolezza di un matrimonio fallito. Dopo una dozzina di anni ottenne finalmente l'annullamento di matrimonio dalla Sacra Rota. Fu solo allora che accettò la corte di un alto funzionario di una compagnia di assicurazioni, vedovo senza figli, che poi divenne suo marito. Lo aveva sposato, in chiesa, perché aveva desiderato sempre una vita normale, rispettabile. Il nuovo matrimonio, ai suoi occhi, rappresentava anche una sorta di riscatto morale, e poi non escludo che in qualche modo volesse dare a me il padre che secondo lei non avevo avuto. Ma io il padre lo avevo, anche se era un padre molto problematico. Credo che quella volta mia madre – una santa donna, per carità! – avrebbe dovuto pensare agli affari suoi… E non tirarmi in mezzo. Ma tanto fu.»

«Questo lo penso anche io, di mio padre, quando decise di risposarsi…»

«Sono questioni sempre molto delicate. Specialmente quando i figli sono adolescenti. All'inizio, Renato, il nuovo marito di mamma, sembrava simpatico. O meglio, faceva il simpatico. Ma ben presto si rivelò per quello che era: un uomo vanesio, vuoto e superficiale, fissato con le formalità, con l'etichetta, e che perdeva di vista le cose importanti. Alla sua mania per le forme contrapponeva nei fatti un senso morale piuttosto allentato. Per certi comportamenti sembrava il patrigno di *Fanny e Alexander* del film di Bergman, ma senza nemmeno quella forte tensione ascetica del personaggio. Un film bellissimo. Lo ha visto?»

«Temo di no… È grave?»

«Be', abbastanza. Dovrebbe vederlo. È un capolavoro. Ma può rimediare senz'altro. Comunque mia madre, stufa dei continui soprusi che Renato compiva nei miei confronti e nei suoi, dopo qualche anno lo mise alla porta. Certo, per lei fu un secondo, enorme fallimento. Ma le sono per sempre grato per aver preferito me a lui… Non era facile.»

«La sua storia, per certi versi simile alla mia, mi ha molto incuriosita, sa? Le posso fare altre domande? Non vorrei sembrarle indiscreta...»

«Lo ha già fatto» risposte sorridendo. «Vada pure avanti...»

«Che rapporto aveva con suo padre?»

«Per me era l'uomo del silenzio. Era un uomo elegante e, a dire di molti, fascinoso. Pare fosse pieno di donne. Ma tra di noi vigeva la consegna del silenzio. Pochissime domande e ancor meno risposte. I suoi amici dicevano che era capace di battute divertentissime, ma io non ricordo di averlo mai visto ridere. La domenica era il suo giorno o, meglio, il nostro giorno. Mi veniva a prendere a casa la mattina, con la sua auto sportiva, mi portava a messa – non era credente, ma immagino fosse un impegno concordato con mia madre –, poi pranzavamo insieme al circolo ufficiali. A tavola non ci si scambiava che qualche parola sul menù. Il pomeriggio mi portava al cinema o al luna park. Ricordo alcuni film visti con lui: tutti gli 007 oppure quelli, esilaranti, con Louis de Funès o Franco e Ciccio. Io mi divertivo un mondo, lui rimaneva impassibile per tutta la durata del film. Il nostro era un rapporto strano, quasi virtuale. Percepivo il suo forte affetto nei miei confronti, ma alla fine della giornata avevamo scambiato sì e no dieci parole. Non ho ricordo di contatti fisici con lui... un abbraccio, una carezza, una mano sulla spalla, oppure quelle cose che si fanno oggi con i padri affettuosi, come essere portati sulle spalle, giocare a pallone o fare la lotta. Dal punto di vista, come posso dirle, dal punto di vista "fisico", sembravamo – o forse eravamo – degli estranei. Comunicavamo senza toccarci, senza guardarci e soprattutto senza parlare. Ma, in fin dei conti, quelle domeniche filavano abbastanza lisce. La situazione diventava molto più complicata se dovevamo passare qualche giorno insieme. Allora mi scaricava addosso tutte le sue ansie e le sue preoccupazioni. Aveva dei timori assurdi, poveretto: che affogassi, che diventassi gay, che ingrassassi o dimagrissi troppo, che cadessi dalla bicicletta, che mi scottassi con il sole, che mi drogassi... Tutte queste sue paure si tramutavano in tassativi divieti. Quando mi portava al mare il bagno durava al massimo cinque minuti sotto la sua costante vigilanza. Per il resto del tempo non potevo che stare fermo, sotto l'ombrellone, a leggere e a rileggere il "Topolino" che mi comprava. La sera, se volevo uscire con qualche ragazzo della mia età, mi sottoponeva a un interrogatorio interminabile. E spesso mi negava il permesso. Ma il vero assillo era quando a fine settembre mi portava a Catania dalla nonna, peraltro una donna dolcissima e affettuosa: una settimana in cui vivevo letteralmente sotto una pesantissima campana di vetro. Pensi che una volta papà mi sequestrò persino il flauto dolce con il quale studiavamo musica alle medie. "È pericoloso, ti può venire l'enfisema" mi disse. Quel flauto era il mio unico svago catanese. A quei tempi la TV aveva solo due canali e i programmi per ragazzi duravano solo un'ora tra le cinque e le sei. Poi sullo schermo si affacciava un frate barbuto, detestato da tutti noi ragazzini, mi pare si chiamasse padre Mariano. Che, come l'Epifania, tutti i cartoni animati si portava via...»

«Be', le preoccupazioni che aveva suo padre, a ben vedere, sono quelle che hanno un po' tutti i genitori. Solo che lui, forse, le viveva in maniera esagerata...»

«Mi hanno spiegato dei miei amici del settore che mentre

gli schizofrenici inventano le loro ossessioni di sana pianta, sono insomma molto fantasiosi e creativi, i paranoici fanno invece i conti con la realtà, vissuta in modo deformato e amplificato... Mio papà apparteneva decisamente alla seconda categoria. Per farle capire: io frequentavo una scuola cattolica solo maschile e a quattordici o quindici anni di pomeriggio uscivo quasi esclusivamente con i compagni di classe. Questo fatto impensieriva molto mio padre. La domenica mi faceva degli interrogatori inquisitori su cosa avessi fatto il sabato e con chi. Non avevamo ancora una comitiva con le ragazze: le vedevamo spuntare alle feste di compleanno e poi di nuovo sparire nel nulla. Alla fine, per sottrarmi a questa morsa e per tranquillizzarlo, invitai una mia amica molto graziosa, Barbara, a pranzare al circolo ufficiali. Lui la vide ed evidentemente i suoi sospetti si placarono. Per un po' di mesi non mi fece più domande imbarazzanti. Anche se, ricordo benissimo, appena Barbara andò via, mi sibilò all'orecchio: "È troppo bassa per te". Era incontentabile...»

«Che lavoro faceva suo padre?»

«Era un ufficiale medico, anche se non l'ho mai visto in divisa, vestiva sempre in borghese.»

«Anche sua mamma era medico, giusto?»

«Sì, si erano conosciuti a Roma nell'ambiente di lavoro. Poi erano entrambi siciliani e a quel tempo c'era la tendenza a frequentarsi e sposarsi tra corregionali.»

«E sua mamma quando è mancata?»

«Una dozzina di anni fa.»

«Tumore?»

«Leucemia...»

«Anche la mia è morta di leucemia. Mio padre, invece, ha

avuto un infarto fulminante. Quanti anni aveva quando suo padre è morto?»

«Ne avevo appena compiuti diciotto.»

«Anche lui tumore?»

«No. A dirle la verità, si è ucciso.»

«O mio Dio! Ucciso?»

«Sì, ucciso, suicidato. L'ha fatta finita, insomma.»

«Mio Dio, mi scusi... Deve essere stato terribile per lei.»

«Sì, lo è stato. Ero all'ultimo anno di liceo, di lì a poco avrei avuto la maturità e quella notizia sconvolgente mi investì nel pieno della giovinezza.»

«Posso dirle, perdoni la franchezza, che per me non esiste un momento propizio per notizie di questo tipo...»

«Probabilmente ha ragione lei, ma a ogni modo la morte di papà mi fece maturare in fretta. Ho perso mio padre ma, in qualche modo, con lui anche una parte degli anni spensierati della giovinezza. E questo, qualche volta, negli anni successivi, ha pesato.»

«Ma avrà pure qualche bel ricordo di suo padre... Non posso credere che non ve ne siano. Ce ne sono sempre ed è giusto farli affiorare.»

Marco rimase un attimo a riflettere. Poi rispose: «Pochi in verità... Ecco, qualche mese prima della crisi psicologica che lo portò alla morte, ho passato con lui qualche giorno davvero spensierato. Lui non faceva mai ferie, lavorava anche in agosto. Credo che avesse un disperato bisogno di tenere occupata la mente, per imprigionarla, per impedirle di imboccare sentieri pericolosi. Questa sua sorta di religione del lavoro ammetteva una sola eccezione: una settimana di cure termali per il fegato, a Chianciano. Lo andai a trovare lì, un fine settimana. All'Hotel Carlton. Mi pare fosse giugno. Stavo per diventare maggiorenne e, per la prima volta, mi trattò da tale. Non ricordo molto del contenuto dei nostri colloqui a pranzo e a cena, ma la sensazione netta che mi è rimasta è quella di avere avuto davanti un uomo finalmente sereno, oserei dire pacificato, un padre che dialoga normalmente con il giovane figlio, senza assilli e fantasmi. Quello che avevo sempre desiderato. Mi confidò anche che aveva una relazione, un legame, più o meno stabile. Una vedova, con due figli già grandi. Si chiamava Carla, l'ho conosciuta solo il giorno del funerale: una donna straordinaria, affettuosa e saggia, che si era presa cura di mio padre anche nei momenti più difficili. Senza mai pretendere nulla. Le ho sempre voluto bene, è morta due anni fa ed è stato un grande dolore per me. Andavo a trovarla di tanto in tanto e parlavamo di papà. Di un padre che non avevo mai conosciuto. Una volta Carla mi disse: "Salvo era come il vento. Si presentava all'improvviso. Poi spariva per giorni, settimane... Ma sapevo che sarebbe tornato, prima o poi. Non si può ingabbiare il vento e aspettare il suo ritorno era l'unico modo possibile per amarlo..."» Marco sospirò. Poi concluse: «Quei giorni a Chianciano mi avevano regalato un'immagine totalmente diversa di papà. Di come sarebbero state, la sua e la nostra vita – e forse anche quella di mamma – senza quelle maledette turbe. Mi ero persino illuso che i nostri rapporti, da quel momento in poi, potessero diventare normali. Ma fu la classica bonaccia che precede la tempesta. A settembre la sua fragile mente entrò in una spirale ossessiva. E non ne uscì più, se non con la morte. Che, per certi aspetti, dovette essere per lui una liberazione.»

«Sa, Marco. La capisco, comprendo il suo dolore, il suo stato d'animo. Le persone che hanno sofferto maturano una sensibilità particolare per le sofferenze altrui. Ma, purtroppo, un'eccessiva sensibilità viene spesso scambiata per debolezza. Così credevo anche io, quando mi commuovevo al pensiero di mia madre, quando sentivo tremenda la sua mancanza, quando piangevo per la solitudine durante la notte, cercando di non svegliare mia sorella… Oggi ritengo invece che la sensibilità sia un punto di forza. Che ci aiuta a vivere, a capire, a essere solidali, ad amare. Ma non bisogna farlo sapere troppo in giro. La sensibilità va tenuta nascosta, altrimenti la gente se ne approfitta…» Poi, quasi a scacciare pensieri insostenibili, cambiò immediatamente discorso: «Lei, se ho ben capito, lavora in un giornale di ispirazione cattolica, giusto?».

«Nessuno è perfetto…»

Luce rise, mostrando i suoi bellissimi denti.

«E dunque è credente…»

«A intermittenza.»

«E cosa significa?»

«Che ho una fede che vacilla, che va e viene… La perdo e la ritrovo.»

La donna lo guardò perplessa. Poi domandò: «E quindi la fede non le diede conforto per superare il trauma della morte di suo padre?».

«In qualche modo sì. Ma non fu totalmente e immediatamente risolutiva. Oltre alla fede, avevo bisogno di capire, di sapere… C'erano, e ci sono tuttora, dei misteri legati alla fine di mio padre. Per esempio, nei mesi precedenti alla sua morte, era ossessionato da un'idea assurda, quella di finire in prigione.»

«Perché?»

«Non le so dire perché avesse questa fissazione. È un mistero. Ma, come le spiegavo prima, mio padre deformava la realtà, non la inventava di sana pianta. Quindi, una qualche origine reale questa sua ossessione doveva averla avuta. Nonostante i disturbi psichici, era un ottimo medico, radiologo e medico legale. Qualche mese prima della morte aveva svolto, per conto del tribunale, una perizia in cui, giusto o sbagliato che fosse, metteva in risalto le responsabilità di alcuni suoi colleghi per la morte di un paziente in un ospedale pubblico. Secondo mio padre, avevano scambiato una peritonite con un banale mal di stomaco. E il poveretto era morto. I colleghi da lui accusati di imperizia lo avevano in qualche modo minacciato. Intendiamoci, non minacce reali, ma del tipo: "Non sai contro chi ti metti, te la faremo pagare, ti denunceremo, stai facendo un gravissimo errore, eccetera". Nessuno dotato di equilibrio avrebbe potuto prendere quelle intimidazioni come un vero e proprio attentato alla propria incolumità. E, se pure i suoi colleghi lo avessero accusato di aver preso una cantonata nella perizia, mai avrebbero potuto dimostrare il dolo. Nessun giudice lo avrebbe potuto condannare. Ma mio padre viveva in un mondo tutto suo e prese la faccenda maledettamente sul serio. Ogni giorno che passava quei suoi fantasmi mentali si ispessivano, prendevano forme sempre più reali e minacciose, provocandogli sofferenze e angosce indicibili. Pensi che alla fine aveva iscritto persino i suoi colleghi, gli amici e i parenti più stretti in questa "Spectre" immaginaria che complottava ai suoi danni. Tanti avevano provato a stargli accanto in quel delirio persecutorio, ma tutti erano caduti in disgrazia, accusati di tradimento. Aveva salvato solo me. Ma di fronte a una congiura planetaria come potevo essergli d'aiuto io, un ragazzino di appena diciotto anni? Io non so davvero come si riesca ad andare avanti con la testa piena di ombre, con l'idea fissa che tutti, persino i tuoi cari, complottino contro di te. Mania di persecuzione, mi hanno spiegato poi.»

«Dunque, fu in quel tragico frangente che perse la fede?»

«Sì... Fu la prima delle tante volte.»

«Quando seppe della morte di suo padre, immagino.»

«Poco dopo, in realtà.»

«Mi racconti...»

«È una lunga storia. Davvero vuole sentirla?»

«Sì, se non la turba. Siamo appena entrati in Calabria...»

«No, non mi dispiace, forse mi fa persino bene raccontarla, dopo tanti anni. Mia madre aveva saputo del suicidio di mio padre la sera stessa. Ma preferì rinviare alla mattina dopo il triste compito di informarmi. Quel giorno, appena sveglio, trovai la casa invasa di parenti. Prima ancora che mamma mi avvisasse, avevo già capito che doveva essere capitato qualcosa di grave a mio padre. Tra i parenti più stretti c'era lo zio Gino, marito di una cugina di mia madre, un uomo burbero ma generoso. Io ero maggiorenne e, essendo stato il matrimonio con mia madre annullato, ero di fatto l'unico erede di mio padre. Toccavano a me, dunque, tutte le pratiche dolorose come il riconoscimento della salma, l'interrogatorio della polizia, il ritiro degli effetti personali e le incombenze necessarie per la sepoltura e la successione. Zio Gino si offrì affettuosamente di accompagnarmi con la sua auto. La prima tappa fu il commissariato di pubblica sicurezza della zona di piazza Bologna, dove era successo il fatto. I funzionari furono estremamente delicati, ma l'interrogatorio fu lo stesso straziante. Mi chiesero delle minacce, delle ossessioni, mi fecero leggere il biglietto di addio che aveva lasciato papà. Volevano sapere da me se fossi convinto della tesi del suicidio o se potevo in qualche modo ipotizzare un omicidio. Risposi come potevo, che mio padre era irrazionalmente turbato e preoccupato. Compilarono il verbale, che lessi praticamente in trance e che restituii firmato. Poi mi consegnarono gli effetti personali di papà. Il cappello Borsalino, un cappotto di cachemire blu, impregnato del suo odore, una combinazione tra acqua di lavanda e fumo di sigarette – che per mesi ho tenuto nel mio armadio annusandolo di tanto in tanto – il portafoglio e il suo orologio, un Rolex di oro rosso degli anni Sessanta, a cui papà teneva moltissimo. Con la caduta si era deformato, ma incredibilmente funzionava ancora. Questo Rolex ha una sua storia a parte, ma gliela racconterò un'altra volta, altrimenti perde il filo...»

«Va bene!» rispose Luce.

Marco proseguì: «La seconda tappa poteva essere anche peggiore della prima. Bisognava infatti andare all'Istituto di Medicina Legale, di fronte al cimitero del Verano, dove papà era stato trasportato per l'autopsia, a fare il riconoscimento. All'ingresso, per fortuna, si appalesò zio Antonino, il fratello minore di mio padre che non vedevo da tempo: anche lui, evidentemente, era finito nella lista nera di papà. Mi bloccò sulla porta, abbracciandomi, e mi disse che il riconoscimento lo aveva già fatto lui e che non c'era bisogno che io entrassi a vederlo in quelle condizioni. Aggiunse che dovevo ricordarmi di lui da vivo e non da morto. Provai a forzare, ma lui fu irremovibile. Allora desistetti dal mio proposito e non entrai. Devo ammettere che aveva ragione da vendere».

«Già... Io invece fui tignosa e volli per forza vedere mia madre per l'ultima volta. Mio padre non voleva ma di fronte alla mia ostinazione cedette. Entrai nella camera ardente con un atteggiamento freddo, determinato e spavaldo. Non mi uscì nemmeno una lacrima. Sembravo forte, ma non lo ero. Oggi posso dirle che non credo di aver fatto bene... Ma torniamo al suo racconto: poi cosa successe?»

«Sempre scortato da quel cuore grande dello zio Gino ci recammo nella vicina basilica di San Lorenzo per vedere se era possibile organizzare lì il funerale. In sagrestia ci venne incontro un frate cappuccino, con barba e sandali d'ordinanza. Ci chiese il motivo della visita. Sembrava piuttosto scocciato. Mio zio gli rispose che volevamo predisporre il funerale di mio padre, morto da appena un giorno, per le mattine successive. Senza neanche un cenno di compassione per un ragazzino che aveva appena scoperto di essere diventato orfano, chiese il motivo per cui mio padre si trovasse all'Istituto di Medicina Legale. Intervenni io, raccontandogli come erano andate le cose. Il frate, con modi sbrigativi e arcigni, si mise a discettare che, se era vero che la Chiesa, da qualche tempo, aveva consentito la celebrazione dei funerali religiosi anche per i suicidi, era altrettanto poco opportuno che a un "suicida" – disse proprio così – "fosse concessa la solennità della basilica". E che, dunque, facevo meglio a cercarmi un'altra chiesa, più modesta. Lo zio mi dovette trascinare via con la forza, perché stavo per afferrare il cappuccino per il collo.»

«Che stronzo!»

«Proprio così. Ecco, quella fu la prima volta che persi la fede.»

Luce sorrise dolcemente. «E quando la recuperò?»

«Appena qualche ora più tardi, quando con lo zio Gino, dopo essere passati all'ufficio funebre del Comune per le pratiche per la sepoltura, ci recammo nella parrocchia dei Sette Santi Fondatori a piazza Salerno, non lontano dall'Istituto di Medicina Legale. Parlammo con un padre grande e grosso, si chiamava Gabriele o forse Daniele, ricordo che aveva delle mani e dei polsi giganteschi e le maniche della tonaca cortissime. Lo zio Gino si era raccomandato di non dire nulla sulle cause della morte di mio padre, ma io sapevo che non bisognava dire le bugie, soprattutto in chiesa e tantomeno a un prete. Così gli raccontai tutto, compreso il rifiuto del cappuccino. Il gigante buono mi abbracciò e io scoppiai a piangere. Mi disse che avremmo fatto dei funerali solenni per mio padre e che a Dio non interessa affatto il luogo – se una basilica o una stamberga – dove i sacramenti si svolgono, ma la purezza di cuore di chi vi partecipa. Quanto al suicidio mi disse che nessuno, tranne il buon Dio, può conoscere quello che veramente passa per la mente di un uomo mentre si appresta a compiere un gesto estremo. E che quindi nessuno, tantomeno un frate cappuccino, poteva permettersi di dare quegli scriteriati e inumani giudizi.»

«E mi dica: la fede l'ha ripersa negli anni successivi?»

«Mille volte.»

«E l'ha ritrovata?»

«Sì, altre mille volte.»

«La storia di suo padre è, in un certo senso, unica ed esemplare. E posso comprendere il trauma vissuto e la successiva sfiducia in Dio. Ma sono le altre novecentonovantanove che non mi spiego!»

«Il mio antico padre spirituale, un sant'uomo, gesuita, morto diversi anni fa, mi tratterebbe malissimo. Direbbe che ho una fede immatura e avrebbe ragione. Perché la fede non dovrebbe vacillare per colpa degli uomini...»

«E invece?»

«Invece, quando mi è capitato di vedere, da molto vicino, sedicenti uomini di Dio usare la fede per compiere le più bieche operazioni di potere, trafficare nella maniera più spudorata in nome dei principi non negoziabili, secondo la logica che i principi si applicano ai nemici, ma si interpretano per gli amici, o addirittura dimenticare che è la carità, cioè l'amore, l'essenza dell'insegnamento del Cristo... Quando ho visto uomini di fede, impegnatissimi nell'imprimere alla loro vita un rigore ascetico, fatto di rinunce e di preghiere, guardare mendicanti e barboni con schifo o con vero odio... Insomma, davanti a certi esempi, la mia fede, immatura quanto si vuole, ne è uscita sempre ammaccata. Ma posso dirle che, allo stesso modo, conoscere suore e preti santi, o donne e uomini che si prodigano eroicamente, senza ricercare né fama, né onori, per alleviare le pene di persone povere, malate, sole, sporche, talvolta persino ributtanti, ecco lì la mia debole fede riprende un certo vigore...»

«I volontari fanno cose straordinarie, è vero... Ma non sono solo cristiani. Sono di tutte le religioni e anche atei. Insomma, non credo che l'amore del prossimo sia prerogativa solo di chi ha fede.»

«Sono assolutamente d'accordo. Ma, come diceva san Paolo, se non c'è la carità, la fede diventa inutile...»

Luce annuì pensosa. Ne sapeva poco di catechismo ma le parole di Marco lasciavano il segno.

«Devo dirle la verità» commentò, «di preti ne ho conosciuti pochi, non saprei fare una statistica dei buoni e dei cattivi. Credo che alla fine siano come gli altri esseri umani, con i loro pregi e i loro difetti.»

Marco replicò: «Lei, da agnostica, è più indulgente di me. Chi si professa sacerdote ha responsabilità più grandi degli altri comuni mortali! Come la corruzione di un magistrato è più grave di quella di un semplice cittadino. O la pedofilia commessa da un educatore... In seno alla Chiesa, del resto, il pendolo oscilla moltissimo».

«Il pendolo? Mi spieghi» rispose la donna.

«Il pendolo, esattamente. Ci sono nella storia della Chiesa, anche in quella recente, pastori come il vescovo di San Salvador, monsignor Romero, che si fanno ammazzare per difendere i diritti dei *campesinos*. Oppure quelli come il croato fra Satana...»

«Fra Satana?» Luce stava quasi per mettersi a ridere, ma dall'espressione severa del suo interlocutore capì immediatamente che non era il caso.

«Lo avevano soprannominato così. Si chiamava Miroslav Filipović. Era un frate francescano croato che sotto il regime clerico-fascista croato di Ante Pavelić aveva partecipato con entusiasmo alla pulizia etnica dei serbi ortodossi, sgozzando con le sue mani decine di vittime, anche bambini. E che poi, per i suoi indubbi meriti ottenuti sul campo, fu mandato a dirigere una sezione del campo di sterminio di Stara Gradiška, dove perirono tredicimila persone, ebrei, rom, dissidenti e soprattutto bambini serbi... Fu espulso dalla Chiesa, per fortuna. Ma dopo la guerra, quando fu condannato a morte per crimini contro l'umanità, chiese e ottenne di andare al patibolo indossando il saio francescano...»

Luce tacque. Di monsignor Romero, ucciso mentre diceva messa nel 1980, qualcosa si ricordava. Ma dell'altra, orribile storia non sapeva proprio nulla.

Marco la prevenne: «È una vicenda poco nota, ma non di meno gravissima e sconcertante».

«Sì» rispose lei accalorandosi, «ma davanti a queste atrocità, come si fa a pensare al perdono di Dio? Quel frate Satana, almeno lui, sarà all'inferno?»

«Se in punto di morte si è pentito dei suoi misfatti, no... Almeno così ci insegnano.»

«Ecco, ora capisce perché io non potrò essere mai cattolica? Se Hitler, Stalin e altri sanguinari dittatori non bruciano all'inferno, non c'è giustizia! Io se fossi in Dio, non li perdonerei mai.»

«Infatti, lei è umana, Dio è Dio...»

Ci fu qualche secondo di silenzio imbarazzato. Poi la donna, volendo cambiare argomento, azzardò: «Se mi perdona la curiosità, posso chiederle in che stato si trova attualmente rispetto alla fede?».

«Ho chiesto all'Onnipotente un periodo di aspettativa. Senza assegni, naturalmente.»

«E ha ottenuto risposta?»

«Non ancora... Manderò un sollecito.»

La donna rise di gusto. Poi sentì il dovere di dire: «Io a Dio non ho mai creduto, fin da piccola. Ero fatta così. Mia sorella Nora credeva a Babbo Natale, ai draghi, alle fate... io no. Pensavo che se a una bambina di sette anni può essere sottratta la mamma, non ci può essere spazio nel mondo per le favole. Certo, se oggi mi chiedono se mi sento cristiana, risponderei di sì. Ma come appartenenza culturale, di valori umani, non certo per la fede nell'esistenza di Dio e dell'aldilà».

Marco la guardò, con un'espressione interessata, ma che a Luce apparve indecifrabile. E aggiunse: «Posso raccontarle un aneddoto divertente a questo proposito? Un mio caro amico, ateo militante, cercava di instillare al proprio figlio di sei o sette anni l'idea che Gesù fosse un personaggio di fantasia come Zorro o Robin Hood. E così il piccolo, durante un pranzo di Natale, riuscì nell'impresa di scandalizzare i piissimi nonni e di far imbarazzare il padre, asserendo con sicumera: "Io non credo a Gesù, credo a Robin Hood"».

Il treno si arrestò bruscamente, e interruppe provvidenzialmente la riderella che aveva assalito Luce.

«Stiamo salendo sul ferry-boat» l'avvisò Marco. «Che ne dice? Andiamo sul ponte a vedere il tramonto?»

Il rosso fuoco del sole calante e il blu cobalto del mare dello stretto regalarono a Luce un panorama fantastico e inedito. In Sicilia era stata diverse volte, ma era sempre arrivata con l'aereo.

«Vede che è bello viaggiare con il treno e la nave?» le disse lui con aria sorniona.

«Sì, ma solo quando si ha del tempo da perdere» replicò lei, che non voleva assolutamente dargliela vinta.

Passo San Pellegrino, 29 luglio 1916

Anche questa mattina ci siamo svegliati prima dell'alba a causa dei violenti bombardamenti nemici sulle nostre posizioni più avanzate. Ma poi, dopo il rancio di mezzogiorno, con il sacco della posta è arrivata una bella notizia, di quelle che ti fanno ritrovare il senso autentico della vita. Una luce proveniente dall'altro mondo, non quello ultraterreno, ma quello della normalità, della vita di tutti i giorni, che continua non lontano da qui, nonostante la guerra. Antonio, il gigante filosofo, si è presentato da me con una lettera chiusa a lui indirizzata. «Signor tene'» mi ha detto, «questa me la deve leggere lei.»

«E cos'ha di così importante?»

Antonio è quasi arrossito: «Può essere una cosa per me molto importante. Prima le lettere me le leggeva e scriveva il povero Angelo, il sarto. Ora che è morto e sepolto, di amico mi è rimasto solo lei».

La sua immeritata fiducia nei miei confronti mi ha quasi commosso. Ho aperto la busta e ho cominciato a leggere a mente. Lui mi guardava trepidante, con lo sguardo spiritato, pendendo dalle mie labbra, senza proferire verbo.

Ho finito di leggere le poche righe e mi sono commosso davvero. Gli ho fatto: «Soldato Crespi, sei diventato padre. È una bambina, di quasi tre chili. Sta bene. Così come sta bene tua moglie… Te lo scrive don Cesare, il tuo parroco».

Ad Antonio sono spuntate le lagrime agli occhi. Ha quasi tentato di baciarmi la mano, ma mi sono sottratto, con dolcezza: «Crespi, auguri davvero di cuore, sono felice per te. Non mi devi baciare la mano, non sono un vescovo! Ma dimmi piuttosto una cosa: perché non mi avevi detto che tua moglie era incinta?».

Antonio arrossì: «Non l'avevo detto a nessuno, signor tenente. Un po' perché porta male, un po' perché temevo una cosa da voi signori ufficiali…».

«E cosa potevi temere da me? O dagli altri ufficiali?»

«Noi soldati siamo tutti uguali, nella stessa barca… E nella stessa barca dobbiamo remare tutti insieme. E se la barca affonda, affondiamo tutti insieme.»

«E allora?»

«Non mi piaceva che qualcuno di voi, sapendo che stavo per diventare padre, magari mi risparmiava le missioni più pericolose…»

L'ho abbracciato, in silenzio. Lui è scoppiato a piangere come un bambino. Ma quanto coraggio, quanto amore, quanta umanità e saggezza in un uomo così semplice!

«Ora» gli ho annunciato, «hai diritto a cinque giorni di licenza, per andare a casa a salutare tua moglie e tua figlia. Puoi partire domani.»

«In licenza? A casa? Prima dell'attacco?» Sembrava davvero incredulo. «Signor tenente, non mi starà mica prendendo in giro?»

«Crespi, ma ti pare che mi metto a scherzare su un affare così delicato? Mettiti a rapporto e fatti aiutare a compilare il modulo. È il regolamento, quella licenza ti spetta, non ti sto facendo alcun favore… Puoi partire già domani, ma ricordati che il 3 sera o al massimo il 4 mattina devi essere di rientro…»

Un equilibrio precario

Era ormai buio quando arrivarono a Catania. Si erano accordati di dormire nella città etnea e di partire per Caltanissetta, con un'auto a noleggio, la mattina successiva. Avevano prenotato due stanze all'Hotel Excelsior in piazza Verga, a pochi metri dal Palazzo di Giustizia. Marco provò a invitare Luce a cena, aveva in mente un ristorantino di pesce, con uno chef estroso e un po' bizzarro, a pochi metri dalla cattedrale di Sant'Agata. Ma la donna, cortesemente, rifiutò.

«Sono molto stanca, Marco, spero che tu non ti offenda...»

Marco notò che era passata al tu, forse per addolcirgli la buca serale.

«Mangerò un'insalata in camera. Davvero scusami.»

«Ti perderai le migliori sarde della Sicilia, ti avviso!»

«Me ne farò una ragione.»

«Anch'io...»

Luce si accorse che Marco era rimasto un po' male. Ma, in fondo, pensò che fosse meglio così. Aveva una fame boia e avrebbe voluto passare una serata allegra in compagnia di quell'uomo arguto e interessante. Non ci sarebbe stato nulla di male. Ma cominciava a sentirsi in colpa nei confronti di Gérard. Da quando era tornata in Italia, era quasi sparito dai suoi pensieri. Sì, rifiutando l'invito, aveva preso la decisione giusta. Si sarebbe fatta una doccia o meglio ancora un bagno, avrebbe preso un boccone in camera e poi avrebbe fatto una lunga videochiamata con il suo compagno. L'uomo che amava o che, almeno, pensava di amare.

Mentre Luce stava consegnando i documenti alla reception, Marco guardò l'orologio. Erano le 19. Odiava cenare da solo, ma era pieno di risorse. Compose sul cellulare un numero, dall'altra parte rispose immediatamente una voce femminile calda e determinata.

«Marco, chi non muore si risente!»

«O, anche, si rivede...»

«Non mi dire che sei a Catania.»

«Indovinato! Hai il fiuto dell'investigatrice, l'ho sempre saputo. Ti volevo invitare a cena...»

«E tu la dote del guastafeste. Ma mi potevi avvisare non dico qualche giorno prima, capisco che non è da te, ma almeno qualche ora prima?»

Marco borbottò qualche scusa che non stava né in cielo né in terra.

«Lascia perdere» commentò la donna, «o mi tocca incriminarti per false dichiarazioni al pubblico ministero. Dove ci vediamo?»

«Sei in ufficio?» chiese Marco. «Io sono all'Excelsior. Passo a prenderti tra mezz'ora.»

«Alle sette e mezza? Va be' che ormai sei vecchiareddu, ma qui siamo in Sicilia, non in ospedale. Facciamo tra un'ora e mezza che chiudo un fascicolo. Ho un'urgente richiesta di custodia cautelare per un boss catanese. La tua fame può attendere.»

«Ok, ok, affare fatto… alle otto e mezza in punto sono da te.»

«Mizzica, sa' ch'affari ca fici…» scherzò la voce.

Chiusa le telefonata, Marco si rivolse a Luce: «È Mina Provera, una pm con i controfiocchi. Si è occupata con grande coraggio della tratta delle donne nigeriane, sgominando dei feroci clan che operavano in Italia. È stata a lungo sotto scorta. Ho fatto una lunga inchiesta sul suo lavoro, pubblicando diversi articoli, e siamo diventati grandi amici…».

«Marco, grazie, ma non mi devi nessuna spiegazione. Puoi andare cena con chi vuoi, mica devi chiedermi il permesso…»

L'uomo notò una punta di acidità nelle parole di Luce e ne fu intimamente soddisfatto: «Ci vediamo allora domani mattina, alle nove, a colazione. Buona notte, Luce, e buon riposo» disse con la voce più allegra che potesse sfoderare.

«Buona cena e buon divertimento. A domani…» rispose lei, dissimulando qualunque emozione. Ma proprio impassibile non lo era, a dirla tutta era divorata dalla curiosità. Appena arrivata in camera, infatti, prima ancora di togliersi le scarpe e gettarsi sul letto, prese il tablet e digitò su Google: «*Mina Provera*».

Apparvero le foto e poi alcuni video di una bella ed elegante signora siciliana, con lo sguardo arguto e profondo, che parlava con determinazione e competenza – con l'accento un po' cantilenante dei catanesi raffinati – di argomenti terribili: riduzione in schiavitù, stupri, torture, rapimenti e perfino omicidi ai danni di povere giovani donne africane, strappate con l'inganno alle famiglie con il miraggio di un lavoro onesto e finite a prostituirsi sulle strade e nei bordelli di tutta Europa. Nel video che stava guardando, la Provera raccontava un particolare agghiacciante: nessun «cliente» italiano di quelle povere ragazze, vedendo sul loro corpo i segni evidenti delle torture, delle frustate, delle bruciature, aveva sentito il dovere – o, almeno, la pietà – di andare dalle forze dell'ordine per denunciare gli aguzzini. La cosa la disgustò particolarmente.

Luce si trovò a chiedersi se avrebbe potuto svolgere lei stessa quel lavoro con la risolutezza e forza d'animo di quella magistrata. E concluse, con una punta di rammarico, che non era affare per lei. Certo, ora capiva l'autentica devozione che Marco provava per la Provera. E sperò per un attimo che si trattasse di una devozione solamente di carattere professionale, non di altro. Questo pensiero geloso, però, faceva a pugni con il suo orgoglio. Decise di pensare ad altro. Chiamò la reception e ordinò un toast al salmone, insalata e un bicchiere di latte.

Mentre avviava sul cellulare la videochiamata con Gérard, non riuscì a scacciare dalla mente la scena di Marco sorridente, che con il suo fare da attore consumato e con i suoi racconti immaginifici e sorprendenti ammaliava e divertiva l'affascinante Mina. Per un attimo si pentì di non aver accettato l'invito a cena. Poi il volto sorridente e la voce dolce di Gérard – «*Ma chère Luce. Finalement!*» – la proiettarono in un contesto intimo diverso e lontano, non solo geograficamente, migliaia di chilometri.

La mattina successiva, Luce trovò Marco che la stava aspettando nell'atrio dell'albergo.

Esordì lei: «Buongiorno! Dormito bene? Mica mi darai a

bere che li leggerai tutti» disse indicando la pila di quotidiani cartacei che l'uomo aveva sotto il braccio.

«No, no, al massimo li sfoglio. Ma un giornalista senza "mazzetta" di giornali è come un architetto senza compasso.»

«Ma quale compasso! Guarda che noi ormai usiamo il plotter. Quanto ai giornali, io li guardo online...»

«Eh, ma vuoi mettere il rumore della carta mentre li sfogli e l'odore d'inchiostro?»

«E gli alberi tagliati?»

«Guarda che per la carta da un po' di anni si piantano e si tagliano alberi fatti crescere appositamente.»

«Sì, vabbe'... Senti, prendiamoci 'sto caffè e partiamo. Per Caltanissetta ci vorranno almeno un'ora e quarantacinque...»

«Primo: qui in albergo c'è una colazione con i fiocchi, compresa nel prezzo: cannolo, cassatina, brioche con granita, biscotti regina, latte di mandorla, fichi d'India, e quindi se tu vuoi solo un caffè nessun problema, ma io a tutta questa meraviglia non rinuncio. Secondo: chi ti ha detto che ci vuole un'ora e quaranta? Secondo me molto meno...»

«Il navigatore! C'è traffico in uscita da Catania a quest'ora.»

«E tu ti fidi del navigatore? Io mi fido solo della mia esperienza. Ci metteremo al massimo un'ora e venti.»

«Sei un cavernicolo, oltre che goloso.»

«Sono solo un *Homo Analogicus*, in via di estinzione, destinato a soccombere davanti a un bell'esemplare di *Femina Digitalis*.»

«Se c'è qualcuno che soccombe davanti alle tue pretese

sono io! Il treno, il traghetto, la colazione da 8000 calorie, i giornali di carta… Sei un reperto del passato, caro mio. Non mi dire che scrivi i tuoi articoli ancora a macchina!»

«No. Mio malgrado ho dovuto imparare a usare il computer. Ma rimpiango i tempi in cui l'inviato, mollemente adagiato sul suo letto della suite di un hotel a cinque stelle, dettava al telefono i suoi pezzi al dimafonista…»

«Dimafo… che?»

«Dimafonisti, una categoria di grandi professionisti, che l'avvento della tecnologia nei giornali ha tristemente e violentemente cancellato dalla faccia della terra, insieme ad altre importanti tipologie professionali. Non si limitavano solo a registrare e a trascrivere i tuoi pezzi, ma ti facevano notare gli eventuali errori, ti suggerivano sinonimi e correzioni. Insomma dei consiglieri fidati!»

«Dai, fatti la tua santa colazione in pace. Ti aspetto fuori, vado a fumarmi una sigaretta.»

«Non sapevo che fumassi.»

«Neanche io, comincio oggi per il nervoso che mi metti addosso…»

Mentre seguiva con gli occhi la snella figura che usciva dall'hotel con una grazia pari al suo piglio, Marco si beò del fatto che Luce nulla gli aveva chiesto della cena con Mina. Quel silenzio significava una sola cosa: che lui aveva aggiunto un altro punto a suo favore.

Quando Marco raggiunse Luce all'esterno, un valletto aveva già portato l'auto a noleggio – una Ford fiesta diesel, bianca e tirata a lucido – sul piazzale dell'albergo.

«Guido io» disse in modo imperioso Luce al compagno

di viaggio. «Di sicuro sono più veloce di te, che appartieni al giurassico.»

«Poi non ti lamentare se ci mettiamo più tempo» rispose lui sornione, accomodandosi sul sedile del passeggero.

Durante la prima parte del viaggio, lungo la disastrata autostrada Catania-Palermo, piena di cantieri senza l'ombra di operai, sembrava che Luce e Marco fossero due estranei, capitati per caso nella stessa automobile. La donna era completamente immersa nei suoi pensieri. La notte precedente Gérard, alla fine della lunga videochiamata, non le aveva nascosto, sia pure in modo delicato, un certo malumore per la sua permanenza in Italia, che si stava protraendo ben oltre le previsioni. E che metteva a rischio la loro partenza per i Caraibi. Come se non bastasse, anche Pesci aveva chiesto notizie sul suo rientro a Parigi nel suo modo spiccio e persino un po' brutale, perché lei doveva ultimare un lavoro a cui l'archistar teneva particolarmente. Questo impegno morale, questo «voto», come lo chiamava Marco, che aveva preso con sua nonna, insomma, le stava creando problemi sia a livello sentimentale sia lavorativo. Si trovò nuovamente a chiedersi perché la nonna non avesse affidato alla gemella, che viveva in Italia e che, in fondo, non aveva poi tanto da fare, il compito di scoprire il luogo di sepoltura del padre. Poi, pensando alla irrisolutezza compiaciuta della sorella, si diede da sola la risposta e scacciò via quel pensiero che le sembrava irriverente se non addirittura sacrilego nei confronti di nonna Nietta.

Anche Marco era particolarmente silenzioso. Ma per lui si trattava di un fattore fisiologico. Abituato alla vita del giornalista di quotidiano, aveva un fuso orario tutto suo, spostato in avanti di almeno due ore. Era abituato a rincasare alle 23, a cenare a mezzanotte e a coricarsi non prima delle 2 di notte. Per partire alle 9, così come gli aveva chiesto Luce, si era dovuto svegliare alle 8, circostanza che per lui equivaleva a una levataccia. Era la seconda volta, nello spazio di due giorni. Così se ne stava assorto e sonnacchioso, aprendo gli occhi solo quando uno pneumatico si infilava in una delle frequenti buche nell'asfalto, facendolo sobbalzare.

Il ghiaccio si ruppe quando l'auto, lasciata l'autostrada, si infilò sulla strada provinciale in direzione di Caltanissetta.

«Da qui mancheranno una ventina di minuti...» disse Marco, con una vocina insopportabile, che ebbe almeno il merito di sottrarre Luce dai suoi foschi pensieri, «venticinque al massimo. Siamo partiti da cinquantacinque minuti, dunque il percorso durerà un'ora e venti, alla faccia del navigatore!»

La donna guardò in cagnesco il suo compagno di viaggio. Poi sbottò: «Invece di fare lo scemo, perché non mi dici qualcosa di zia Mariolina o come si chiama?».

«Si chiama Maridda. E ti devo avvisare, per il tuo bene, di una cosa importante...»

«Ok, ok, Maridda. E quale sarebbe, di grazia, la cosa importante a cui dovrei fare attenzione?»

«È una regola infallibile. Quando una donna mi dice "scemo" per tre volte significa che è innamorata follemente di me... Fai bene attenzione, te ne restano altri due... Usali con cautela.»

«Vorrà dire che ti dirò "cretino". C'è una regola anche per "cretino"?»

«Certo...»

«E qual è?»

«Se mi dici tre volte "cretino", vuol dire che vuoi fare sesso selvaggio con me.»

«Te lo scordi! Sai che ti dico?»

«Sono tutt'orecchie.»

«Che sei una persona detestabile, insopportabile, saccente, arrogante e presuntuosa. Ma con un'intelligenza superiore, fuori dal comune. Un Einstein al colmo dell'antipatia. Quindi né scemo, né cretino. E, di conseguenza, né amore né tantomeno sesso. Tiè.»

Marco incassò con un sorriso.

«E ora dimmi due cose serie» proseguì Luce. «Quale strada devo prendere e, soprattutto, come mi devo comportare con questa zia Maridda, visto che tra dieci minuti dovremmo essere arrivati.»

«Ma non avevi il navigatore come guida? Vuoi affidarti all'uomo di Neanderthal?»

Luce si morse la lingua, perché le stava sfuggendo dalla bocca un altro «scemo».

«Va bene, sì, lo ammetto! Hai vinto tu. L'esperienza ha battuto la tecnologia. Ho fatto ammenda, mi sono prostrata, ho ammesso la mia colpa. Ora vuoi dirmi dove cazzo dobbiamo girare?»

«Dopo il ponte, prendi la galleria e svolta a destra. La casa della zia è in pieno centro, in corso Vittorio 104. Ma lì non si può parcheggiare, ti guido io, sempre che il navigatore sia d'accordo...»

«Proprio non sopporto chi non si accontenta di vincere, ma vuole stravincere...»

Marco non raccolse. «Per quanto riguarda zia Maridda» si limitò a rispondere, «ho solo un consiglio da darti. Siccome per natura e per età è portata a divagare, a perdere il filo, a uscire dal seminato, ad allungare il brodo, occorrono poche e precise domande. Ben circoscritte. Altrimenti non ne usciamo più...»

«Fammi un esempio, se riesci, così provo a capire.»

«Mmm, vediamo... Ecco: se le chiedi come sta, è capace che per mezz'ora buona ti elenca tutti i suoi mali, le prescrizioni del dottore, le medicine che prende e gli eventuali miglioramenti o peggioramenti...»

«Ok, messaggio ricevuto. Sai che ti dico? Che me ne starò zitta e che parlerai solo tu.»

«Tattica sbagliata. Se la zia ti vede ammutolita, si incuriosirà e comincerà a farti lei un mare di domande.»

«E dunque che devo fare?» chiese Luce con tono realmente esasperato.

«Con lei serve un sottile gioco di equilibrio. Devi darle di tanto in tanto qualche boccone di carne, per evitare che ti sbrani, ma senza toglierle definitivamente la fame, altrimenti si stanca e si richiude a riccio.»

«Andiamo dalla zia Maridda o da un rottweiler? Certo voi siciliani siete tutti assurdi. "Assurdo" si può dire o rischio di compromettermi in qualche tresca?»

«Lo puoi dire e anche a ragione. Pirandello è figlio di questa terra. Non è un caso...»

Falcade, 1 agosto 1916

Mi trovo da due giorni ricoverato presso l'ospedale da campo di Falcade. Mi hanno trasportato qui con un'ambulanza trainata da cavalli. Sono stato ferito alla coscia sinistra, per fortuna superficialmente, da uno shrapnel esploso mentre ero in ricognizione con una pattuglia nella zona sovrastante Malga Bocche. Ho perso molto sangue e credo di essere svenuto, perché nulla ricordo dell'esplosione, del ferimento e del successivo trasporto in ospedale.

Il capitano medico, un alpino di Valguarnera, mi pare si chiamasse Lomonaco, mi ha detto in dialetto siciliano che sono stato fortunato: pochi centimetri e la sfera di piombo, che mi ha estratto dalla gamba, poteva colpirmi l'arteria femorale, con esiti sicuramente infausti. Secondo lui, vista la rapidità con cui sono stato medicato, dovrei evitare l'infezione, e con essa i rischi di cancrena, amputazione e morte connessi, e cavarmela in pochi giorni.

Mi sta assistendo una giovane crocerossina, Susanna, originaria di Villafranca Padovana. È alta, ha un fisico atletico, occhi scuri e profondi e una gran massa di capelli castani raccolti in due lunghe trecce. Ogni volta che entra nella mia camerata, per disinfettarmi la ferita e cambiarmi le bende, la saluto così: «Ecco il mio angelo». E lei ride, ride di cuore.

Quando viene si siede sul bordo del letto e mi domanda tutte le volte di raccontarle di Cima Bocche e la dinamica del mio ferimento. Non ricordando granché, ogni volta invento, aggiungendo nuovi particolari. È un gioco scoperto, lei sa benissimo che sto bluffando, ma si diverte proprio per questo.

Poi mi chiede di parlarle della mia terra, la Sicilia. È molto interessata a quello che si produce nei nostri campi e che fa parte del nostro cibo quotidiano. Lei, sembra incredibile, non ha mai visto o assaggiato un'arancia, un mandarino, una melanzana, un peperone. Solo patate, rape e mele. E l'uva, in autunno. Le ho raccontato delle zagare e dei mandorli in fiore, del profumo degli agrumi... Mi ha chiesto se dopo la guerra la porto in Sicilia a conoscere e assaggiare tutte queste meraviglie. Le ho risposto: «Te lo prometto, Susanna, se esco vivo da qui».

Lei ha sorriso, con quel sorriso che a me fa l'effetto di una baionetta che ti penetra nel cuore, e mi ha detto: «Quelli come te sono nati con la camicia. Si salvano sempre». Speriamo abbia ragione lei.

Sono ricoverato in una stanza minuscola insieme ad altri feriti non gravi, un soldato lucano e uno toscano, un sergente sardo e un maggiore piemontese, provenienti da varie zone del fronte. Ci facciamo buona compagnia, cercando di ingannare il tempo chiacchierando del più e del meno. Dalle altre stanze, invece, si alzano, specie di notte, delle urla disumane, che ti ghiacciano il sangue nelle vene. Susanna mi ha raccontato di milze spappolate, di arti amputati, di colonne vertebrali spezzate, di occhi bruciati...

Questo è il portato della guerra, quello autentico, quello di cui non si parlerà nei discorsi celebrativi, nelle cerimonie patriottiche o nei libri di storia.

Ho pensato, con il cuore gonfio di angoscia, che prima che ogni capo di governo decida di dichiarare guerra a questa o quell'altra nazione dovrebbe essere portato a visitare un ospedale da campo, dopo la battaglia. Per vedere con i suoi occhi il sangue scorrere per terra, per ascoltare con le proprie orecchie i lamenti e le grida dei feriti, per ricevere addosso gli schizzi di sangue mentre si sega un arto senza anestetici, per assistere i moribondi spegnersi, per chiudere gli occhi ai defunti e, persino, per scavare la fossa per seppellirli. Solo dopo aver compiuto tutti questi gesti, potrà tornare nei palazzi del potere e decidere se è ancora opportuno scatenare una guerra. Ma sono tutte inutili fantasticherie, illusioni, deliri di un povero tenente riluttante e per giunta ferito.

Io, a dire la verità, mi sento abbastanza bene, la ferita non mi duole particolarmente, ma questo luogo chiuso di dolore e sofferenza, nonostante la presenza angelica di Susanna, mi fa rimpiangere il fronte. Avverto il bisogno di uscire, di guardare il cielo e le stelle. Ho pertanto scritto una lettera al comandante del reggimento per essere reintegrato in reparto il prima possibile. I miei uomini mi attendono: combattono, imprecano, temono e muoiono senza di me. E tra due giorni, a dare retta a quanto si sente in giro, ci sarà un nuovo, ennesimo assalto a Cima Bocche.

Zia Maridda

Dopo aver parcheggiato, Luce e Marco percorsero a piedi un breve tratto di corso Vittorio Emanuele II e si fermarono di fronte a un bel palazzo nobiliare a due piani, di stile neoclassico. Alcune targhe di ottone all'ingresso indicavano la presenza nell'edificio di studi professionali.

«Ecco la casa di famiglia. Qui visse mio nonno con i suoi genitori, prima di trasferirsi a Roma. Un tempo» spiegò Marco «era nostro tutto il palazzo. Ora la zia vive in uno degli appartamenti ricavati al piano superiore. Gli altri sono stati affittati e poi venduti.»

Il portone di legno era socchiuso. Marco lo spinse e fece entrare Luce. L'androne era scuro e all'interno si percepiva una temperatura decisamente più bassa rispetto a quella esterna. La donna avvertì un brivido lungo la schiena sudata, mentre si accingeva, preceduta da Marco, a salire le scale di pietra grigia. Arrivati sul pianerottolo, Marco si diresse verso il portone di sinistra e si attaccò al campanello. Poco dopo, una voce femminile domandò da dietro la porta: «Cu è?».

Marco sorrise: «Mercedes sono Marco, aprimi!». E a Luce sussurrò: «Mercedes è la badante peruviana di mia zia. Non parla bene italiano, ma ha imparato il siciliano. Non mi chiedere come dal Perù sia finita a Caltanissetta, perché nessuno è mai riuscito a saperlo».

Luce replicò: «Tranquillo, di lei non ti chiedo proprio nulla... Ho già da pensare a tua zia».

Un rumore di chiavistello precedette la parziale apertura della porta. Una faccia scura, da india, fece capolino da dietro la catenella.

«Mercedes sono Marco, il nipote di zia Maridda...»

La donna, dopo aver dato uno sguardo sospettoso ai due sul pianerottolo, parve essersi convinta. La porta si richiuse e si riaprì, stavolta per intero.

«'A señora vi sta aspettannu indo u' salotto» disse con il suo buffo incrocio di spagnolo e siciliano.

Appena Marco entrò nel salone, la zia Maridda gli si buttò al collo e cominciò a baciarlo ossessivamente sulle guance.

«Figghiuzzu miu beddu! Fatti virriri. Sciupato si'?»

«Ma no zietta, non sono sciupato, sono solo un po' dimagrito. Ho fatto una dieta, su consiglio del dottore. Ho tolto qualche chilo di troppo.»

«A mia mi pari sciupato» disse l'anziana sorella di sua madre squadrandolo dall'alto in basso. «Ora a tia ci pensa a zia Maridda.»

Solo in quel momento zia Maridda parve accorgersi della presenza di Luce, che era rimasta immobile, a godersi la scena, sulla soglia del salone.

«E sta carusa bedda cu è? A to' zita?»

«Buongiorno signora Maridda, permetta che mi presenti, sono Luce Di Giovanni, un'amica di Marco...»

Maridda la guardò delusa. E rivolse lo sguardo accigliato al nipote.

«No, zia, non è la mia fidanzata... È solo un'amica, come ti ha appena detto.»

La zia scrollò le spalle e mosse le labbra all'insù, con quella smorfia tipica dei siciliani quando vogliono esplicitare sentimenti tra loro diversi: contrarietà, perplessità, presa di distanza, interesse, indifferenza. E il cui significato autentico viene decodificato, di volta in volta, solamente da chi è siciliano.

«Assittativi» ordinò con un'aria che non permetteva repliche.

Luce la guardò. Era elegantissima, con un abito di seta verde muschio, e carica di gioielli. Aveva occhi di un azzurro intenso, un colore incredibile di lapislazzuli con venature di smeraldo, anche se leggermente velati da un inizio di cataratta. E una capigliatura foltissima, color argento, raccolta a crocchia dietro la nuca. Il viso, notò subito Luce, era perfettamente truccato con ombretto, rimmel, fondotinta e rossetto. Nulla in lei sembrava fuori posto, nulla che potesse in qualche modo rivelare l'eccentricità di cui le aveva tanto parlato Marco.

L'uomo sembrò leggere il pensiero di Luce e, con un sorriso allusivo e un po' malandrino, le fece cenno con gli occhi di guardare verso terra. Luce abbassò lo sguardo e vide che la zia di Marco non solo era scalza, ma che aveva le unghie dei piedi dipinte con dieci colori diversi, dall'indaco al fucsia. Poco le mancò che scoppiasse a ridere, ma l'uomo la bloccò con uno sguardo severo.

«Ti trovo in gran forma, zietta» disse il nipote strategicamente, prevenendo così la lunga sequela di lamentele sui malanni dell'età.

«Dici? Non mi trovi invecchiata? Quanti anni sono passati dall'ultima volta che ci siamo veduti?»

«Era al funerale di mamma, dodici anni fa.»

«Mamà tua, soruzza mia mischinedda! Che vita infelice e sfortunata. Danni e malanni. L'unica consolazione sua eri tu, Marcuzzo. Ma dimmi: da allora ti sembro invecchiata?»

«Per nulla zia Maridda, sei sempre la stessa bellissima, splendida, giovanile signora. Non è vero Luce?»

Tirata in ballo inaspettatamente, la giovane donna balbettò: «Suo nipote ha ragione, ha sempre ragione, signora».

«Eh, c'è ragione da prendere e ragione da dare. Non è la stessa cosa.»

Che cosa volesse dire la zia con questa frase enigmatica, Luce non l'avrebbe mai saputo. Anche perché Maridda aprì immediatamente un altro fronte: «Stu nipotuzzo bravo è, giornalista è, benestante è, ma d'ammogliarsi nun ni voli sèntiri... Del resto, anche io cara signurina, di maritarmi nun ni vosi sèntiri. E dire che corteggiatori ne ebbi assai. Dal figghiu del barone Benintende, ma ca era vascio comu un nano da circo, all'avvocato Li Causi, ma che aveva la fungia da scecco, al marchese Trigona di Roccabianca di Piazza Armerina... che galantuomo era, ma troppu viecchiu. Tutti mi volevano, ma io sempre no ci dissi. Mi parevano inadeguati. E ci fu poi quella volta che...».

Marco decise di intervenire, tagliando corto: «Zietta cara, ti ricordi che una volta, durante una telefonata, mi hai parlato di una scatola di ricordi di guerra di nonno?».

Maridda stette per un attimo a pensare. Poi rispose: «Nossignore, non mi ricordo».

Lui insistette: «Dai zia… Una cassa di legno di nonno Titino, con documenti riguardanti la guerra, che mi dicesti che avevi scovato in soffitta…».

«Una cascia di me' patri Titino, buonanima, di quann'era in guerra? Certamente. In soffitta la trovai. Ma non la volli aprire. A mia le storie di guerra mi mettono tristezza, mi incupiscono. Nonno tuo era. Per questo ti dissi di venire a prendertela, ma tu m'arrispunnissi che tempo non ne avevi.»

Grazie al lavorio paziente di Marco, sembrava che la donna stesse via via recuperando la memoria. Luce guardava ammirata.

«E ora questa scatola dov'è, zia? Sempre in soffitta?»

«Non mi ricordo ora, tanto tempo passò.»

«Possiamo chiedere a Mercedes?»

«E cu è 'sta Mercedesse?»

«Zia, Mercedes: la cammarera peruviana che vive cu' tia.»

Marco aveva incominciato a parlare in dialetto.

«Io di 'sta Mercedes nenti sacciu…»

Al che Marco, che manteneva una calma serafica, la chiamò.

«Ecco zietta, questa è Mercedes, la riconosci?»

«'Ca certo! 'A cammerera mia è. Mercedesse.»

«Perfetto zia. Ora possiamo chiedere a "Mercedesse" se si ricorda di quella scatola con i documenti di nonno Titino?»

«Titino me patri era» disse Maridda con una punta d'orgoglio rivolta a Luce. E continuò: «Partì per la guerra e poi si maritò Susanna, me matri. Veneta era. Ebbero una figlia, ca si chiamava Valeria. Doppu Valeria, arrivai io, modestamente. Ci volevo bene, io, alla soruzza mia, che u' Signuri l'abbia in gloria. Valeria si maritò con Salvo ed ebbe nu figghiu, Marco si chiamava. Ma il matrimonio finì a schifio.

Chissà unni è ora Marco, niputuzzu beddu. Av'assai ca nun veni a trovare a zia sua.»

«Marco està aquí. Mientras la cascia de guerra de el padre de la señora està allá.» Mercedes, risoluta e persino un po' seccata, indicò, in rapida sequenza, il nipote e un armadio in corridoio.

Marco e Luce scattarono all'unisono verso l'armadio, lo aprirono e dietro a una serie di vestiti, coperte, lenzuoli, tirarono fuori, visibilmente emozionati, una vecchia cassa di legno, chiusa con dello spago e sigillata con della ceralacca. Su una etichetta di carta ingiallita, incollata sul coperchio, nonno Titino, con l'ormai inconfondibile grafia, aveva vergato: «*Guerra 1915-1918. Da aprire solo dopo la mia morte*».

I due furono colti da una gioia incontenibile e si abbracciarono come fanciulli, salvo staccarsi un attimo dopo, con reciproco imbarazzo.

Falcade, 2 agosto 1916

La risposta del comandante non si è fatta attendere. Farò ritorno al reparto entro oggi, anche se per una settimana ancora dovrò stare fermo con la gamba e quindi non potrò prendere parte ai prossimi combattimenti. Sarò probabilmente assegnato presso lo stato maggiore con compiti di collegamento e di segreteria. Un posto da burocrate della guerra, insomma, da imboscato, quello che tutti sognano.

Ho capito che le mie dimissioni rapide dipendono anche dal fatto che all'ospedale di Falcade hanno un estremo bisogno di letti per curare i feriti che ogni giorno arrivano in condizioni disperate dai vari campi di battaglia circostanti: Cima Bocche, innanzitutto, ma anche Passo Valles, Val Travignolo, Cima Uomo, Bellamonte, Passo Lusia. Mi trasporteranno al Passo San Pellegrino con l'ambulanza quando, dopo aver scaricato nell'ospedaletto un doloroso carico umano di feriti, moribondi e deceduti, tornerà al Passo per prenderne altri. Ammetto che mi fa un po' senso l'idea di dover utilizzare come mezzo di trasporto un veicolo pieno di sangue e adibito anche a carro funebre. Ma devo essere contento di salirci sopra da vivo e non da morto.

Susanna, quando ha saputo della mia imminente dimissione, è corsa al mio capezzale, mi ha preso la mano e non è riuscita a trattenere la commozione.

«Tenentino» mi ha detto, «cerca di portare in salvo la pelle. E ricordati della promessa che mi hai fatto. Quando finirà questa maledetta guerra verrai a prendermi al mio paese e mi porterai giù in Sicilia, a vedere il mare.»

Io l'ho rassicurata, le ho stretto la mano. Ci siamo guardati negli occhi intensamente. Avrei voluto baciarla, dirle che l'amavo da impazzire. Ma una forza misteriosa mi ha trattenuto. Timidezza? Pudore? O, forse, paura di morire in guerra e di non rivederla più? Lei mi ha lasciato un foglietto con il suo indirizzo di casa e io ho fatto lo stesso. Poi si è voltata, forse per nascondere una lagrima, ed è uscita di corsa.

È incredibile come in mezzo a tanto fango, misto a sangue, a tanto scempio di carne umana, possa nascere il fiore dell'amore. Addio Susanna bella, angelo mio. O arrivederci, se il ciel vorrà.

Giochi di prestigio

Con aria trionfante e, insieme, trepidante Marco, seguito da Luce, trasportò la pesante cassa di legno e la depositò al centro del grande tavolo di noce della sala da pranzo.

Zia Maridda si era nel frattempo appisolata sulla poltrona e Mercedes con il dito indice piazzato sopra le labbra li aveva ammoniti a non svegliarla. «Andate en lo studio. Accussì puedo cocinar e preparar la mesa en pace» spiegò.

Marco si fece consegnare da Mercedes delle forbici. Scortò Luce nello studio, posò sulla scrivania la cassa e, con estrema delicatezza, cominciò a tagliare lo spago.

«Guarda che non stai portando alla luce la tomba di Tutankhamon, puoi agire in modo più rapido e deciso» scherzò lei.

L'uomo sorrise alla battuta e procedette in modo più spedito con le forbici. Ma al momento di tirar via il coperchio si fermò un attimo e prese fiato.

«Tu ci scherzi» le rispose, «ma io provo davvero un po' di batticuore.»

«Dai, anch'io… Non sono così fredda, alla fine. Speriamo di trovare quello che cerco, in modo da sistemare la questione e di potermene tornare in Francia al più presto…»

Marco provò una fitta allo stomaco. L'idea che l'avventura con quella compagna di viaggio inattesa stesse per concludersi lo turbava un po'. Ma fece di tutto per non darlo a vedere. Rimosse il coperchio. Le loro teste si piegarono nello stesso momento in avanti e le loro bocche quasi si sfiorarono. Si scambiarono un'occhiata, insieme, d'imbarazzo e d'intesa e ne risero.

Il primo reperto in cui si imbatterono fu un piccolo album foderato di stoffa colorata. Lo posarono sul tavolo e cominciarono a sfogliarlo. Incollate ai pesanti fogli di cartone grigio dell'album con dei triangolini di carta adesiva c'erano alcune foto in bianco e nero, non più grandi di un pacchetto di sigarette, tanto che Marco dovette ricorrere agli occhiali da lettura. Erano soprattutto paesaggi del fronte, si scorgevano montagne in lontananza, trincee circondate dalla neve o vedute dall'alto verso valli strapiombanti. Qua e là appariva il tenente Giardina, con i suoi caratteristici baffi spioventi, in posa con l'inseparabile pipa.

«Ecco nonno Titino» fece lui con una punta di commozione.

«E qui» fece eco Luce indicando un'altra foto, «c'è sempre lui affiancato da due fanti. Uno bassino e uno grande e grosso. Sembra proprio il mio bisnonno...»

Sfilarono con attenzione la fotografia dall'album. Sul rovescio il nonno aveva appuntato a matita: «*Busa d'Orso, 18 maggio 1916, tra Angelo e Antonio*».

Stavolta toccò a Luce commuoversi.

«Mio Dio, tuo nonno insieme al mio bisnonno. Incredibile questa foto. Marco, me ne devi fare una copia, assolutamente.»

Il secondo strato della cassa era composto da una busta chiusa ma non sigillata. L'aprirono, ne sparpagliarono il contenuto sul tavolo, facendo attenzione a non confondere l'ordine dei documenti: vi erano lettere dei genitori di Titino, cartoline illustrate, altre foto del fronte e, infine, raccolte da un nastro blu, un pacchetto consistente di lettere e biglietti scritti con una grafia grande e regolare, quasi fanciullesca.

Luce sciolse il nastro e cominciarono insieme a esaminarle. Capirono immediatamente che erano le lettere che Susanna, con cadenza quasi giornaliera, aveva inviato al suo Titino, trasferitosi sul Carso insieme alla Tevere, fino alla fine della guerra. Ne lessero qualcuna, ad alta voce. Erano spesso solo poche righe, con le quali Susanna accusava ricevuta dei messaggi del tenentino e rispondeva domandandogli notizie della sua condizione e gli assicurava le preghiere per la sua incolumità. Parole semplici, ingenue, tenere, senza alcun riferimento esplicito a una relazione in corso, che però lasciavano egualmente trasparire un invisibile legame amoroso che si andava via via ispessendo. C'era anche una fotina di Susanna, sorridente e vestita da crocerossina, con una piccola dedica.

«Ma le risposte di tuo nonno da qualche parte ci sono?» chiese Luce trasognata.

«Purtroppo no. Mentre nonno conservava qualunque cosa, ogni ricordo, era un collezionista di attimi, la nonna era una furia iconoclasta...»

«Collezionista di attimi? Dà proprio l'idea. Bellissima definizione...»

«Purtroppo anche questa non è mia. È un'altra citazione... Böll, *Opinioni di un clown*, conosci?»

«No, sarà mica grave anche questo?»

«Questo sì che lo è, è il romanzo che ho amato di più durante la mia giovinezza.»

«Va bene, lo leggerò, promesso. Ma, insomma, le lettere di Titino a Susanna dove sono finite?»

«La nonna, come ti ho detto, era una donna pratica, fino alla brutalità. Mi raccontava mia madre che prima di sposarsi e di trasferirsi in Sicilia, e poi a Roma, Susanna aveva fatto un bel falò di tutti i suoi ricordi degli anni precedenti...»

«Voleva dimenticare qualcosa, forse?»

«No, molto più semplicemente voleva viaggiare da Padova a Caltanissetta con poco bagaglio...»

Luce, un po' sconcertata, rise scuotendo la testa. E suggerì: «Andiamo avanti nella ricerca. Finora tracce delle pagine mancanti del diario non ne abbiamo trovate. Che cosa c'è ancora?».

Marco, in piedi, infilava le mani dentro la cassa, tirava fuori qualcosa come un prestigiatore dal suo cilindro magico, ed elencava: «Una pipa, le spalline con i gradi da tenente, una pallottola tonda di piombo – forse lo shrapnel che lo ha ferito alla coscia – una baionetta arrugginita, un binocolo... E poi ripiegato c'è un tricolore con lo stemma sabaudo». Lo tirò fuori, lo svolse e con espressione delusa annunciò: «Qui dentro non c'è più nulla».

In effetti, all'interno della grande cassa vuota si intravedeva ormai solo il fondo.

Si gettò sul divano, sconsolato. «Nonno Titino ci ha fatto lo scherzo finale» disse rivolto a Luce. «Mi arrendo: a questo punto non saprei più dove cercare. Mi dispiace di averti trascinata in questa avventura catastrofica...»

«Fammi dare un'occhiata» insistette lei, con tono deciso. «C'è qualcosa che non mi convince.»

«E che cosa?»

«Vuoi stare zitto un attimo? Sto misurando una cosa...»

«Misurando? A occhio?»

«Certo, sono pur sempre un'architetta...»

«Non insisto, anche se...»

Luce non lo fece finire. «Ho trovato!» esclamò.

Lui la guardò perplesso.

«Guarda qui. L'altezza esterna della cassa è maggiore di almeno tre centimetri di quella interna...»

«Non ti seguo...»

«Ci deve essere un doppio fondo» proseguì lei, infilando la mano all'interno della cassa e sollevando trionfante una base di legno.

«Guarda cosa c'è lì sotto!»

Marco trasalì. Scattò in piedi verso il tavolo. E ficcò il naso nella cassa. Sul fondo era apparsa miracolosamente un'altra busta, giallognola. La tirò immediatamente fuori posandola sul tavolo. Sopra la busta, il nonno aveva scritto: «*A quelli che verranno dopo di me*». Marco la fissava, immobile, in religioso silenzio.

Luce domandò bruscamente: «Be', che facciamo, l'apriamo o no questa busta?».

«Ma certo...» Marco prese le forbici e l'aprì con molta attenzione. Dentro vi erano dei fogli accuratamente ripiegati. E un cartoncino vergato a mano, con una scrittura fitta.

«Dai, dai, che forse ci siamo» incitò Luce con il cuore in gola.

Marco lesse il cartoncino, a voce alta. Era datato 14 ottobre 1962.

A te che sei arrivato fin qui, figlia, nipote, bisnipote o chiunque tu sia. In questa busta troverai le pagine mancanti del mio diario di guerra. Pagine deliberatamente nascoste. Non so se sei capitato qui per caso o perché cercavi qualcosa. Per me, che sono già morto, non ha nessuna importanza. Mi interessa solo che tu sappia questo: non le sottrassi per viltà o per paura della punizione, che sarebbe peraltro giunta implacabile se la vicenda qui narrata fosse stata scoperta. Lo feci, liberamente e in piena coscienza, per adempiere a un voto di amicizia, contratto con un uomo buono, che ha subìto una gravissima e irreparabile ingiustizia. Un voto che considero sacro e mi ha spinto, in nome della giustizia sostanziale, a mentire, a venire meno ai miei doveri, a violare leggi e regolamenti, a commettere persino reati, severamente puniti dalla giustizia formale.

Caro lettore dei miei poveri scritti, per salvare la reputazione di un uomo innocente ho messo a rischio la mia. Ma ci sono momenti nella vita in cui il compimento di quello che è ritenuto da tutti il proprio dovere diventa un atto che grida vendetta al cospetto di Dio. Ci possono essere – e ci sono – momenti drammatici e decisivi, in cui la disobbedienza, la impostura, il furto persino, diventano cosa buona, giusta e doverosa.

Non ho distrutto questi fogli, così compromettenti per me, come avrei potuto e forse dovuto fare, perché desidero che in giorni molto lontani, conosciuta attraverso i miei scritti la versione autentica della sua triste storia, qualcuno possa restituire al fante Antonio Crespi, vittima di tempi crudeli e sconsiderati, la sua dignità di soldato e, soprattutto, di uomo. Ho invece manipolato, sottratto e distrutto, volontariamente e deliberatamente, tutti i documenti militari riguardanti Crespi. L'ho fatto perché la versione ufficiale era fallace e menzognera. Lo confesso solennemente: sono stato io a falsificare, nell'estate del 1916, il diario di guerra della brigata Tevere. E confesso anche di essere rimasto, dopo la guerra, nei ranghi dell'esercito unicamente per cancellare le tracce dell'abominio compiuto, perché alla famiglia di Crespi fosse risparmiato, oltre al dolore della perdita, anche l'ingiusto disonore.

Non so, chiunque tu sia che leggi questa lettera, quale sarà il tuo giudizio sull'intera vicenda e su di me, che sono palesemente e volontariamente venuto meno ai miei doveri di ufficiale e di soldato, ma non a quelli di uomo e di cristiano. E, in fondo, del tuo giudizio postumo non mi interessa nulla. Ho avuto tutta la vita per rifletterci: non mi sono mai pentito. Ho fatto quello che la mia coscienza mi imponeva di fare. E, con la coscienza a posto, mi presenterò, quando sarà, al cospetto del buon Dio, che è un Dio di misericordia e di perdono.

Gaetano Giardina, avvocato e capitano riluttante e in congedo del Regio Esercito Italiano.

«Nonno, ora basta parole, basta giustificazioni» disse Marco. «È venuto il momento di passare ai fatti. Per il resto, ti assicuro che sarò indulgente.»

Tirò fuori gli altri fogli dalla busta e li aprì: erano proprio le pagine mancanti del diario. Le stese per bene sul tavolo e, insieme a Luce, cominciò a divorarle.

Passo San Pellegrino, 3 agosto 1916

Al mio rientro in reparto, come prevedevo, sono stato assegnato provvisoriamente presso la segreteria del comando di brigata. Il mio compito, in buona sostanza, sarà quello di controllare che le circolari con gli ordini, in partenza e in arrivo, giungano a destinazione e vengano lette. Ma c'è una incombenza in più. Quella di compilare, normalmente in tarda serata, il «diario» di brigata.

È un bollettino, dallo stile essenziale e burocratico, in cui si annotano, per cenni, gli eventi salienti della giornata. Ogni giorno si apre immancabilmente con il bollettino meteo dell'alba (oggi: nuvoloso, temperatura massima 15, minima 9 gradi) e si chiude sempre con la triste contabilità di morti, feriti, dispersi. Le informazioni sul tempo atmosferico e quelle sui caduti sono praticamente sullo stesso piano, in una pedante forma ragionieristica che vista da un esterno parrebbe agghiacciante.

Ma, a ben vedere, non è proprio così come appare. Quando sono mesi che conti i compagni che non ci sono più o che giacciono massacrati in una lettiga d'ospedale, attendendo il destino, pensando che il prossimo giorno potrebbe toccare a te, è immensamente più facile scrivere un numero, 7 morti, piuttosto che per esteso i loro nomi: Mario, Giorgio, Attilio, Paolo, Luigi… I numeri, a differenza dei nomi, non hanno volti e non hanno storia, non hanno affetti e famiglie lontani, non hanno radici e sogni.

Tra i dati sul meteo e quelli sulle perdite c'è uno spazio indefinito e potenzialmente infinito di righe. Ho dato un'occhiata ai giorni precedenti, per darmi una regolata. Ci sono giorni in cui non è successo nulla di saliente, liquidati con poche frasi, e altri in cui si dà largo spazio alla descrizione delle operazioni di guerra, con dovizia di particolari.

È lo stesso colonnello che detta la relazione, ogni volta, all'ufficiale di turno. Essa viene redatta con sciatta pedanteria militaresca, che aiuta però l'estensore a barcamenarsi, a mettere le mani avanti, a scegliere frasi fatte, espressioni vaghe e convenzionali, in modo da allontanare il più possibile, da lui e dai suoi reparti, il rischio di vedersi addossare la responsabilità dei continui insuccessi. Le frasi più salienti si assomigliano un po' tutte. E cominciano ineluttabilmente con un «nonostante».

«Nonostante l'attacco sia stato condotto con la massima energia… Nonostante la strenua resistenza dei nostri soldati… Nonostante il coraggio dimostrato dagli assalitori…»

E si concludono, più o meno, tutte così: «I nostri vengono arrestati da violento fuoco di mitragliatrici… Sono costretti a ripiegare di fronte alla massiccia controffensiva nemica…».

La verità, che tutti sanno e che nessuno ha il coraggio di dire, è che la cima di Bocche è talmente impervia e difesa così bene che non la prenderemo mai. E se, per un caso, fortuito o fortunato, dovessimo conquistarla, i nostri uomini arrivereb-

bero in vetta talmente sfiniti e con tali perdite che non riuscirebbero a tenere per molto la posizione di fronte all'immancabile contrattacco. E malgrado tutti lo sappiano, dall'ultimo fante all'ufficiale più alto in grado sino al Comando Supremo, domani all'alba i nostri reparti saranno di nuovo lanciati all'attacco.

Dato il mio ruolo di ufficiale addetto allo stato maggiore di brigata, ho potuto visionare l'ordine che è arrivato direttamente dal comando di Armata. Ne trascrivo qualche parola: «Occorre far di tutto per conquistare la cima, costi quello che costi». Ma che cos'è questo? Un'invocazione, un auspicio, una speranza? Bisogna prendere la cima, d'accordo. Ma c'è qualcuno, di grazia, che ti spieghi come fare a prenderla? Da dove salire, da dove attaccare, con quali mezzi, con quali piani, con quanti uomini? E invece no: bisogna prenderla e basta! Anzi, bisogna prenderla a tutti i costi! Dalla vaghezza e dall'intrinseca assurdità dell'ordine, so già che anche domani ci sarà ancora tanto sangue italiano sparso inutilmente alle pendici di Cima Bocche. E quanto sangue ancora si spargerà su quei sassi e su quei prati nei giorni a venire? Sono questi i costi di cui si parla nell'ordine di attacco?

Da oggi pomeriggio nella mia compagnia serpeggia comprensibilmente un forte nervosismo. Non solo per la notizia, passata di bocca in bocca, dell'imminente assalto. Ma anche perché all'appello serale svolto, in mia assenza, da Lupattelli ci si è accorti che Antonio Crespi non è ancora tornato dalla licenza. Lupattelli, che ha ancora il dente avvelenato, ha fatto subito rapporto, per fortuna solo oralmente, al colonnello. Il quale è venuto subito da me e mi ha chiesto un consiglio sul da farsi. Con fatica e un po' di fortuna sono riuscito a con-

vincerlo ad aspettare ancora qualche ora, prima di prendere provvedimenti formali.

«Crespi si è dimostrato un ottimo soldato, impavido e generoso, è uno dei migliori tra i miei uomini…» gli ho detto. «Vedrà che tornerà presto.» Si è convinto.

«Per oggi» mi annuncia il colonnello, riferendosi alla compilazione del bollettino giornaliero, «zero perdite.» Ma ha un'espressione sul viso che sembra voler dire: «Oggi nessuna, domani vedrà che macello».

Compilo il diario secondo le sue indicazioni e, dopo aver stampigliato un bel timbro rosso a fondo pagina, glielo faccio firmare. Poi mi congedo e vado alla mia baracca, a coricarmi. Non riesco però a addormentarmi. La gamba mi fa male, ma non è il dolore a tenermi desto: più che per la battaglia di domani, sono in pensiero per Antonio.

Passo San Pellegrino, 8 agosto 1916

Sono le 4.30 del mattino. Sono da solo nella baracca comando. Il colonnello e gli alti ufficiali sono andati al punto di osservazione più alto per seguire le operazioni. Il sole è appena spuntato da dietro le cime, annunciando una giornata tiepida e assolata. Una giornata bellissima, peccato che bisogna combattere e morire.

Sono uscito per controllare il termometro, 6 gradi, e ho potuto scorgere, nella semioscurità, la moltitudine di nostri fanti che si inerpicavano veloci per colonne ordinate sulla mulattiera scoscesa che porta alla base di Cima Bocche. Da lontano, li ho benedetti con la mano. Manco fossi un prete, ma il gesto mi è venuto spontaneo.

La nostra artiglieria ha battuto per un'ora e mezza le posizioni nemiche, causando un frastuono infernale. Le esplosioni creano una fitta nube di fumo, si possono vedere i sassi e le zolle di terra che si sollevano, schizzando da ogni parte. Ma ormai è evidente a tutti che è una tattica vana. Avvertiti i primi colpi, gli austriaci si rintanano rapidamente nel dedalo di gallerie e rifugi scavati nella dura roccia e attendono la fine del bombardamento, pronti a tornare ai posti di combattimento non appena i nostri cannoni tacciono per consentire l'inizio dell'assalto. Più che i cannoni, che nelle condizioni date fanno poco danno, servirebbero le bombarde, capaci almeno di far saltare in aria i reticolati che rallentano, fino ad arrestarla, la nostra avanzata verso la cima. Ma di bombarda ne abbiamo un unico esemplare. Da sola non serve a granché. In questi giorni, che sono a contatto diretto con il colonnello, gli ho sentito dire che ha fatto più volte presente al Comando Supremo la necessità e l'urgenza di una dotazione adeguata, ma non ha mai avuto risposta.

Tra un po', dietro la montagna, comincerà la carneficina. Sono pronto a scommettere che saremo sconfitti anche questa volta. Non ho mai intimamente condiviso il modus operandi *dei nostri comandi, anche se non ho rivelato a chicchessia il mio stato d'animo, né tantomeno sono venuto meno ai miei doveri di soldato e di ufficiale… Dovrei pertanto essere sollevato per il fatto di stare a debita distanza dalla pugna e di salvare, almeno per oggi, la pelle. Con l'aria di chi può permettersi di dire: «Volete continuare a sbagliare? Cavatevela senza di me».*

Ma debbo essere sincero soprattutto con me stesso: mi mancano i miei uomini, provo un profondo malessere a non essere lì con loro, nel fango, acquattati tra le rocce, mentre dall'alto piove sulle loro povere teste una gragnola di bombe, sassi e proiettili. Sapere che non potrò incitarli, confortarli, incoraggiarli mi dà un insostenibile senso di vuoto. Mi scorrono tutti i loro volti davanti, pieni di paura e di rassegnazione. Che numero uscirà per loro sulla roulette della morte? Lo saprò solo stasera, conterò chi ce l'avrà fatta e chi invece rimarrà per sempre tra queste brulle montagne. Penso molto anche ad Antonio. Non ci sono notizie di lui. Eppure sono sicuro che sta tornando, sento che lo rivedremo presto.

Sono le 23 di sera e il colonnello è entrato con un'espressione spettrale nella baracca comando. Sembrava davvero sconvolto. Mi sono immediatamente alzato in piedi e l'ho salutato militarmente.

Lui mi ha freddato bruscamente: «Tenente, non perdiamo tempo in convenevoli. Si sieda e si prepari a scrivere. Oggi è stato il giorno più infausto da quando abbiamo cominciato questa guerra». Ha tirato fuori dalla giubba un foglietto sporco di sangue. «Scriva, tenente, scriva. Tanto ormai ha imparato il formulario. Nonostante l'eroismo dimostrato eccetera, raggiunte le rocce a quota 1200, fermati dal fuoco incessante di fucileria della preponderante forza nemica, alle ore 14, dopo ore di violenti combattimenti, è stato impartito l'ordine di resistere a oltranza per mantenere le posizioni acquisite. In serata una potente controffensiva sul lato sinistro dei nostri reparti, ha consigliato, con l'accordo del comando di Armata, di impartire l'ordine di ritirata, che non si è però potuta effettuare ordinatamente per via di un intenso fuoco di sbarramento operato da mitragliatrici nemiche nascoste dietro gli alberi, che hanno colto di sorpresa ai fianchi i nostri fanti, causando un altissimo numero di perdite. Scriva, tenente, scriva: 97 caduti, tra cui 5 ufficiali, 204 feriti e 40 dispersi.»

Il colonnello, con le mani nei capelli, mi ha poi rivelato: «Dopo questa ultima disfatta, Cadorna ha deciso di mandare un'ispezione. E la scelta è caduta sul famigerato generale Pintozzi. Guardi, tenente, io non dovrei dirglielo, ma l'ho conosciuto bene, era mio compagno di corso in accademia. È un pa-

ranoico senza scrupoli, un uomo spietato e ambizioso. Non se ne andrà da qui finché non avrà trovato dei colpevoli. Che, lo dico in tutta onestà, non ci sono, se non la natura impervia di Cima Bocche, che ne fa un obiettivo inespugnabile... I nostri fanti si sono sempre comportati con coraggio e onore. Ma non so se basterà a Pintozzi...». Si è fermato a riflettere. Poi, quasi a scacciare il pensiero, mi ha domandato: «Abbiamo piuttosto notizie di Crespi? Se entro domani alle 12 non sarà tornato in reparto, sarò mio malgrado costretto ad accusarlo formalmente di diserzione».

Io ho replicato, giocando d'azzardo: «Sono sicuro che domani mattina il fante Antonio Crespi sarà di nuovo in reparto, pronto a combattere a fianco dei suoi commilitoni...».

Passo San Pellegrino, 9 agosto 1916

Tra tanto dolore e tanta desolazione – manca persino il legno per le bare dei corpi dei caduti recuperati, tanto che gli uomini hanno demolito una vecchia baita per prendere le assi – registro questa mattina almeno una notizia confortante. Antonio Crespi è tornato in reparto e si è messo subito a rapporto da me. Gli ho fatto una lavata di capo coi fiocchi, urlandogli che ha rischiato la corte marziale. Mi ha raccontato le sue peripezie per raggiungere il fronte, con il treno partito con grande ritardo e non so quali altre complicazioni... L'ho interrotto ricordandogli che, in caso di impedimenti, avrebbe dovuto presentarsi alla più vicina caserma dei carabinieri per farsi giustificare il ritardo. Lui mi ha guardato stupito: «Ma signor tenente, nessuno me lo ha detto...».

«Crespi, benedett'uomo, era scritto nel foglio di licenza...» ho replicato io, mordendomi subito la lingua perché mi sono ricordato che Antonio non sa leggere. Lui è arrossito e ha abbassato lo sguardo. Mi ha fatto una grande tenerezza, ho cambiato tono ed espressione e gli ho chiesto notizie della figlia. Allora gli si sono illuminati gli occhi e si è commosso.

«È bellissima… È bellissima…» ha balbettato, non riuscendo ad aggiungere altro. Gli ho domandato: «Ma dimmi almeno come si chiama». E lui: «Antonietta, come me… Il nome» mi ha risposto come a scusarsi, «l'ha voluto mia moglie».

L'ho congedato, per non correre il rischio di commuovermi anch'io.

«Sappi che per il tuo ritardo ti beccherai una bella punizione: ti proporrò per tre giorni di rigore in cella, sempre che non riprendano i combattimenti.»

Antonio mi ha guardato, con un sorriso di gratitudine.

Riprendo a scrivere il diario quando mancano pochi minuti alla mezzanotte. È stata una giornata terribile, la peggiore della mia vita. Non so se prevalga in me la rabbia, la ribellione, il dolore o lo sconcerto. Non riesco a prendere sonno e non ho voglia nemmeno di guardare le stelle. Gli avvenimenti, le sensazioni, i fatti tragici e assurdi vissuti nel pomeriggio si accavallano e si sovrappongono nella mia mente. Devo mettere ordine nei pensieri. Forse scrivere mi aiuterà, anche a passare la notte…

Questi i fatti salienti di oggi. Alle 13.30 circa si è presentato al reparto per l'annunciata ispezione il generale di brigata Enrico Pintozzi, accompagnato da un odioso tenentino, Luigi Borzari, con baffi rossi e il sorrisetto sprezzante. Pintozzi, marchigiano, è un uomo alto, calvo, ossuto, ha le orecchie a punta e degli occhi neri talmente scuri che quasi non si distingue l'iride dalla pupilla. Appena arrivato ha detto al nostro colonnello che non aveva tempo da perdere. Ha chiesto di chiamare a rapporto tutti gli ufficiali e ha dato inizio a una sorta di interrogatorio, condotto con metodi inquisitori. Ha interrotto bruscamente il nostro colonnello, che gli stava spiegando la geografia impervia di Cima Bocche e l'oggettiva difficoltà che i nostri uomini incontrano nel tentativo di conquistarla.

«Sono dolente di contraddirla, colonnello» ha detto con voce nasale e leggero accento marchigiano, «ma non esistono montagne inespugnabili. Esistono solo uomini timorosi e incapaci, perché non sufficientemente motivati al sacrificio, vittime della loro codardia o, peggio, della criminale campagna pacifista dei socialisti o di certi cattolici...»

Il colonnello, seduto accanto a me, rosso in viso per la rabbia, stava per scattare in piedi, ma per fortuna si è trattenuto.

Pintozzi ha proseguito imperterrito: «Servono disciplina, spirito di sacrificio, ci vogliono il pugno di ferro e un regime di terrore. Ogni soldato deve sapere che se arretrerà, esiterà, dubiterà di fronte al nemico la punizione che cadrà sulla sua testa sarà tremenda e ineluttabile. E che non esistono alternative salvifiche al combattere e morire da eroi per la Patria. Chi tenta di sottrarsi, perirà ugualmente, ma con ignominia».

Il generale ha girato la testa per incrociare lo sguardo di ciascuno di noi, in un silenzio gelido che non prometteva nulla di buono.

«Ho letto i rapporti, colonnello, lei sembra sempre voler giustificare i suoi uomini...»

Il colonnello, stavolta, non ha resistito: «Si sono sempre battuti con onore e il numero delle perdite, elevatissimo, sta lì a dimostrarlo, signor generale!».

«Ma evidentemente non è sufficiente. Quando i cavalli battono la fiacca, vanno sferzati, pungolati...»

Avrei voluto gridare che gli uomini non sono bestie da soma, ma non ho aperto bocca. Lo ha fatto, in maniera garbata ma ferma, il colonnello: «Vorrei anche far presente, signor generale, che i miei uomini sono fanti e non alpini, quindi addestrati per le battaglie campali, non per la guerra in montagna».

«Non è il terreno a fare il soldato, ma l'animo. È solo questione di volontà e di coraggio! Ma mi dica, colonnello, voglio conoscere» ha sibilato a quel punto il generale, con gli occhi iniettati di sangue «la situazione disciplinare del reparto. Quali sono state le violazioni recenti?»

«Nei giorni scorsi non ne abbiamo registrate...» ha risposto il colonnello, guardandomi preoccupato.

«Male!» ha urlato Pintozzi. «È evidente che i soldati percepiscono un'atmosfera di lassismo, di indulgenza, di allentamento dei vincoli disciplinari...»

Ed è a quel punto che, imprevedibilmente, ha chiesto la parola Lupattelli, alzando la mano.

«Signor generale» ha detto, «è vero quanto ha appena riferito il colonnello sulle violazioni disciplinari. Ma è anche vero che non ne è stata ancora verbalizzata una, molto grave, commessa da un soldato della mia compagnia proprio stamattina.»

Il generale ha guardato Lupattelli con aria interessata e lo ha invitato con un gesto della mano a proseguire.

«Si tratta del soldato Crespi, è tornato dalla licenza con più di 36 ore di ritardo...»

Il colonnello ha provato a minimizzare: «È vero, ma si tratta di un mancato rientro involontario, dovuto a ritardi nei treni...».

«Se è volontario o meno, lo stabilirà il tribunale straordinario, che intendo riunire tra un'ora in questo stesso luogo, per processare per diserzione il soldato Crespi» ha tagliato corto il

generale, uscendo dalla capanna del comando, seguito a ruota dal tenente Borzari, a cui luccicavano malignamente gli occhi.

Il colonnello è andato via adirato. E via via gli altri nostri ufficiali lo hanno imitato, in silenzio. Nella stanza siamo rimasti solo io e Lupattelli, che mi fissava con aria di sfida. Mi sono alzato, gli sono passato accanto e gli ho sibilato all'orecchio: «Giuro che, se arriviamo vivi alla fine della guerra, ti ammazzo con le mie mani. A casa tu non ci torni...».

Appena uscito, sono stato chiamato a rapporto dal colonnello. Aveva il viso livido.

«Tenente Giardina, assumerà lei le difese di Crespi davanti al tribunale straordinario... Lei studia Legge e sono sicuro che farà del suo meglio.»

Ho obiettato: «Ma signor colonnello: mi mancano ancora degli esami, non sono laureato».

«È un ordine, tenente! E comunque temo che neppure un collegio di autorevoli giuristi riuscirebbe a salvare Crespi. Pintozzi è una iena assetata di sangue...»

Il passato che torna

«È la ora de comer, todos alla mesa!» Con un tono imperioso, Mercedes indicò ai due ospiti, totalmente immersi nella lettura del diario, la porta della sala da pranzo. Marco e Luce si guardarono, quasi stupiti di quel brusco richiamo, ma non osarono fiatare. L'uomo sbirciò l'orologio: in effetti erano le due passate e, nonostante l'abbondante colazione, aveva un certo languorino. Dalla cucina peraltro arrivavano odori molto promettenti. Certo, erano arrivati al momento clou del racconto, anche lui avrebbe voluto proseguire… Ma con Mercedes e la zia Maridda era impossibile intavolare qualsiasi trattativa. Non gli restò che rivolgere uno sguardo implorante a Luce, confidando nella sua benevolenza.

«Dai, facciamo una pausa, ci vuole…» gli rispose lei cogliendo al volo la delicatezza del momento.

La zia era già seduta a capotavola. Aveva l'aria impaziente.

«Forza, che si fredda» esortò, indicando a Luce il posto alla sua destra e al nipote quello alla sinistra. La tavola era apparecchiata di tutto punto. Posate d'argento, un po' imbrunite dal tempo, bicchieri di cristallo, tovaglie e tovaglioli di lino azzurrognolo e il servizio buono, di porcellana, con i piatti bordati di oro e blu prussia.

«Che cosa ci ha preparato di buono la nostra Mercedes?» chiese Marco con allegria.

«Cosas buenas ma leggère» bofonchiò la donna, dirigendosi con passo svelto verso la cucina.

«Feci preparare pasta con le "melenzane"» annunciò Maridda, come a scusarsi. «Non seppi in tempo del vostro arrivo e non mandai Mercedesse a comprare la carne. Io da povera vicchieredda, carni ne mangio picca, sì e no due volte al mese.»

Marco le sorrise indulgente. Aveva telefonato alla zia appena avevano deciso la trasferta siciliana. Ma evidentemente la donna se lo era dimenticato.

«Va benissimo, zia. La pasta con le "melenzane" è il mio piatto preferito. E Luce» bluffò spudoratamente «è... vegetariana.»

Mentre Luce cercava di trattenere la risata, la zia scrutò la giovane con sospetto e, rivolta al nipote, sbottò: «Vegetariana? Bah. A ogni modo 'sta carusa è molto più amurusa e ammodo dell'ultima ca mi portasti l'anno scorso...».

Marco, imbarazzato, provò a replicare: «Zia, quella di cui stai parlando era Betta, la mia prima fidanzatina...».

Maridda scosse la testa: «La gonna cortissima aveva, con le causette rosse sotto. La calze una vera signora le porta nere o color carne, rosse mai! Nenti, non era cosa».

Marco si sentì quasi in obbligo di giustificarsi con Luce, che lo guardava sospettosa: «Saranno passati più di trent'anni! E Betta ne aveva al massimo sedici...».

Luce trattenne a stento una risata. Con voce impercettibile e facendosi schermo con la mano sulla bocca, gli rispose: «Se tua zia sapesse come mi vestivo io a sedici anni...

Calze rosse, rosa, viola, di ogni colore e minigonne e mini-short a gogò!».

Ma Maridda era già passata oltre, con lo sguardo smarrito in chissà quali altri labirinti mentali, mentre Mercedes cominciava a servire gli spaghetti carichi di salsa di pomodoro e di ricotta salata. Le fettine di melanzane, appena fritte e ancora fumanti, erano invece accuratamente ammonticchiate in un piatto da portata al centro della tavola. Marco spiegò a Luce che era abitudine della casa, del resto molto comune in Sicilia, che spettasse ai commensali prendere le melanzane e posarle sul proprio piatto, in cima agli spaghetti.

«Sono davvero buoni» commentò Luce, assaporando insieme alla pasta un'atmosfera di famiglia. Più o meno quella che respirava in casa con i nonni e che non provava più da tempo immemorabile.

Anche Mercedes si sedette a mangiare. Quella di pasteggiare insieme al personale di servizio era un'antica consuetudine di famiglia, inaugurata dalla nonna di Marco nonostante il fatto che, ai tempi, dare troppa confidenza ai domestici fosse considerato bislacco e persino un po' deplorevole.

Marco non rifiutò una seconda porzione, incoraggiato dalla zia: «Mangia, figghiuzzo mio, che sei sciupato».

«Luce, devi sapere» spiegò lui con aria paziente «che mi è sempre piaciuto mangiare e da ragazzo ero sempre in sovrappeso. Da quando, dopo tante diete e altrettanti sacrifici, sono arrivato finalmente al mio peso forma, in Sicilia mi trovano sciupato!»

«Eh, quante storie... Un morticeddu pari.» Poi la padrona di casa rivolse pericolosamente lo sguardo verso Luce: «Ma 'sta carusa non ti cucina a sufficienza?».

Marco arrossì, imbarazzato, accrescendo il divertimento di Luce. E scandì: «Zia, Luce non è la mia fidanzata. È solo un'amica, capito? Un'*a-mi-ca*».

Maridda volse gli occhi al cielo e sbuffò, assumendo, in modo smaccato, l'espressione di sufficienza dell'anziano che, per quanti sforzi faccia, non riesce proprio a capire i giovani d'oggi.

«Bene. Iu mi vaiu a ripusari tanticchia...» disse, dopo essersi accuratamente pulita la bocca con il tovagliolo. Si congedò, intimando: «Mercedesse, vedi se mio nipote e la sua a-mi-ca desiderano il caffè...».

«Grazie Mercedes» fece Marco alzandosi, «il caffè lo prendiamo di là, Luce e io dobbiamo tornare alle nostre carte...»

L'intervallo del pranzo era stato spassoso da tanti punti di vista. Ma la voglia di conoscere come andasse a finire il racconto del tenente Giardina era irresistibile. Tornarono nello studio, ma appena furono seduti la loro lettura fu interrotta dall'ingresso a sorpresa di zia Maridda. Indossava una vestaglia bianca, di seta lucente. E con quegli occhi sbarrati sembrava davvero un fantasma. Luce trasalì.

«Marco, figghiu beddu mio» esordì.

«Dimmi, zietta adorata... Ma non dovevi riposare?»

«Riposare io? Ma quando mai? Mi sono ricordata che tengo una cosa per te. È da tanti anni, dalla morte di tua madre, che dovevo dartela.»

«E perché non l'hai fatto finora?»

«Non lo so, Marco. 'A testa mia... Ci sono momenti in cui mi sembra di non ricordare più nulla.»

Si sedette accanto al nipote, posò sul tavolo una logora cartella di cuoio di colore marrone. L'aprì. Dentro vi erano delle vecchie carte.

«Ho sempre saputo» disse con voce dolce e sicura «della tua volontà, della tua ossessione, di conoscere la verità sul tuo povero padre. Mia sorella Valeria me ne parlava spesso. Capisco benissimo che per un figlio sapere, conoscere, comprendere la storia dei propri genitori, sia una faccenda di vitale importanza...»

Maridda, in quel momento, era lucida e perfettamente in sé. E parlava un italiano quasi privo di inflessioni dialettali.

Luce assisteva alla scena a bocca aperta.

Marco si tuffò nella cartella. Al suo interno vi erano documenti giudiziari e rapporti di polizia, scritti a mano, risalenti al lontano 1933. Cominciò a guardarli uno per uno, con aria attonita. Ma non era facile raccapezzarsi, in mezzo a tutti quei vecchi fogli.

«Io queste cose è come se le avessi un po' vissute. Le ricordo perfettamente» intervenne in suo aiuto la zia Maridda «e te le posso riassumere. Poi nella cartella troverai tutti i particolari. Ma andiamo in salotto, sediamoci sul divano, saremo tutti più comodi...»

Marco e Luce obbedirono senza fiatare.

«Dunque Marco, devi sapere che tua madre, da medico, si accorse della stranezza, diciamo, dell'originalità di tuo padre...»

«Diciamo pure della psicopatia, zia... Diamo il giusto nome alle cose. È una malattia, una patologia, come tante altre, come il diabete o il tumore. Non bisogna vergognarsene.»

«E santa ragione hai: fatto sta che lei si accorse del disturbo di tuo padre solo dopo il matrimonio. Nei pochi mesi di fidanzamento tutto filò liscio e nessuna avvisaglia, nessun sospetto, colse tua mamma... E così andò nei primissimi mesi di matrimonio.»

«E poi?»

«Poi nascesti tu. Valeria ebbe una gestazione difficile, dovette stare a letto, senza mai alzarsi, per tutti i nove mesi, perché i medici le dissero che v'era il rischio di perdere il bambino. La tua nascita fu una grande gioia per tutti: ma nascesti prematuro e i medici dissero che eri in pericolo di vita. Ti misero in incubatrice. Evidentemente tutti questi stress costituirono per tuo padre un cumulo di emozioni troppo forte, che fece esplodere antiche questioni irrisolte. Un passato tragico e doloroso affiorava nella sua mente, oscurandola...»

«Dimmi di più, zia...»

«Tua madre pensava che si dovesse scavare nel passato di tuo padre, per cercare in esso il bandolo della sua aggrovigliata matassa. Una volta risaliti all'origine della sua stramberia, forse si sarebbe potuto provare a curarlo. Incaricò me, che stavo in Sicilia, di trovare qualcuno che potesse fare delle indagini sui trascorsi di tuo padre. A un conoscente fidato mi rivolsi, un carabiniere in pensione, che faceva investigazioni private. Nel giro di qualche settimana mi portò questi documenti...»

La zia prese fiato. Chiamò Mercedes per domandarle dell'acqua. Dopo aver bevuto mezzo bicchiere riprese: «Qui c'è la verità su tuo padre, Marco. È un racconto doloroso. Devi assicurarmi che hai voglia di ascoltarlo fino in fondo».

Luce, a quel punto, si alzò: «Marco, penso sia meglio se aspetto fuori. Mi sento di troppo. Vi lascio soli, così parlate in pace».

L'uomo la trattenne per il braccio: «No, stiamo condividendo la storia dei nostri avi, il nostro passato… Voglio che rimani, ci tengo».

Luce acconsentì e, con un certo rossore in volto, si riaccomodò sulla poltrona.

«Allora zia…» disse Marco tradendo una certa impazienza.

«Siamo a Caltanissetta nel gennaio del 1933, tuo padre Salvo è un bambinetto di sette anni, che gioca nel retrobottega della panetteria dei tuoi nonni…»

«Me la ricordo quella botteguzza, era proprio sotto casa dei nonni.»

«Esatto. Tua nonna era una bella donna, con degli occhi neri e profondi. Stava alla cassa. E qualche volta, anzi direi troppe volte, doveva subire degli apprezzamenti, dei complimenti un po' troppo insistenti dagli avventori… Siamo nella Sicilia profonda degli anni Trenta, non devo spiegartelo!»

«Il mondo non è poi cambiato molto» si lasciò sfuggire Luce.

«E insomma» continuò imperterrita la zia, «questi complimenti facevano letteralmente uscire di senno tuo nonno. Che, esasperato e accecato dalla gelosia, finì per prendersela non solo con i cascamorti, ma anche con la tua povera nonna, colpevole, ai suoi occhi, di attirarsi apprezzamenti non consoni per una donna maritata. Siete tutti uguali voi uomini, siciliani e non. Alla fine per voi siamo e saremo sempre un po' buttane!»

Marco arrossì, guardando Luce, che assentiva con la testa.

La zia continuò: «Così, un giorno, di fronte all'ennesimo complimento fuori luogo, tuo nonno in preda alla furia tirò fuori dall'armadio il fucile da caccia, lo puntò in direzione di tua nonna e fece fuoco».

«Oh mio Dio!» si lasciò sfuggire Luce, coprendosi immediatamente la bocca con il palmo della mano.

Marco accusò il colpo, chiudendo gli occhi e gettando la testa all'indietro.

Maridda proseguì, con voce dolce: «Intendiamoci, Marco. Alle gambe le sparò, non voleva ucciderla. Il suo era un gesto dimostrativo, con il quale pensava stoltamente di sistemare tutto: minacciando i corteggiatori, avvertendo tua nonna e tutelando di fronte a tutti il suo onore ferito di maschio e di marito. Era teatro, commedia. Ma le conseguenze furono tragiche: tua nonna in ospedale finì, tuo nonno in carcere e il picciriddu, il tuo povero padre, che aveva assistito attonito e spaventato a tutta la scena, venne sbattuto in collegio, tenuto da religiosi».

La donna fece una pausa per bere un altro sorso d'acqua, lasciando il tempo al nipote per riprendersi dallo shock.

«E che successe poi, zia?»

«Tua nonna si ristabilì presto, le ferite erano superficiali, tuo nonno, a cui furono accordate le attenuanti del delitto d'onore e dell'aver reagito in preda alla collera, uscì di galera dopo un anno; la moglie lo perdonò e in casa se lo riprese. Anche tuo padre poté tornare a casa dal collegio, dove aveva però vissuto mesi d'inferno. I suoi compagni lo mortificavano, gli dicevano che era figlio di un galeotto. E poi, non ne ho mai avuto certezza, ma ho sempre pensato che in quel collegio, che aveva ai tempi una fama sinistra, potesse essere stato vittima di molestie e forse abusi...»

Marco si accasciò sulla poltrona. Rimase in silenzio per

qualche secondo, con il capo chino. Poi commentò: «Forse da qui veniva la sua ossessione per i gay… E per i preti».

«Potrebbe essere» rispose la zia. Che continuò: «La vita nella piccola bottega riprese ben presto, quasi come se nulla fosse accaduto. Tutti si dimenticarono dello spiacevole episodio, i tuoi nonni ebbero altri figli, ma la scena spaventosa e piena di sangue del ferimento aveva lasciato tracce indelebili nella mente acerba di tuo padre. Quell'episodio lontano fu per lui come un virus micidiale che, rimasto per anni latente, era esploso all'improvviso a causa della tua nascita, facendogli perdere completamente il lume della ragione…»

«Ma, zia, che comportamenti aveva mio padre dopo la mia nascita?»

«Lo vidi con i miei occhi e raccontare te lo posso. Era diventato ossessivo, sospettoso, scorgeva complotti ovunque, si era persino fatto persuaso che tua madre lo tradisse… con il confessore! Povera donna, l'unico conforto che aveva in quel doloroso periodo era quello delle visite del suo padre spirituale. Per un certo tempo, Salvo arrivò a sostenere persino che tu non fossi figlio suo, ma del prete… Poi, almeno questa fissazione tremenda, almeno questa, un giorno gli passò.»

«Come mai?»

«Non lo so, una specie di miracolo fu. Tua madre pregava tanto. Ma nulla di quello che chiedeva al Signoruzzo nostro – che tuo padre rinsavisse, che lei potesse vivere con lui e con te una vita serena – fu esaudito. Ma l'accusa che tu fossi figlio del parrino era veramente troppo! E il Signore, almeno su questo, l'ascoltò. Un giorno, mentre dormivi nella culla, ti afferrasti il lobo dell'orecchio con la mano. E tuo padre disse che era un gesto che compiva spesso anche lui da neonato, così gli aveva raccontato sempre sua madre, cioè tua nonna. E improvvisamente si quietò. Il suo era un sospetto ingiusto, incredibile, privo di qualsiasi fondamento! Eravate già allora due gocce d'acqua, uguali nelle espressioni e uguali persino nei gesti. Ma guai a dirglielo a tuo padre! Nella sua mente contorta queste continue affermazioni, invece di distoglierlo dal suo sospetto, gli rafforzavano la tesi della congiura ai suoi danni. Come dissero a quei tempi? Ecco... un delirio persecutorio. Uno si sente perseguitato e, per difendersi, finisce per perseguitare gli altri.»

«Penso a quella poveretta di mia madre, quante ne deve aver viste...»

«Valeria era una donna forte, ma ha sofferto molto. Due matrimoni falliti. L'isolamento. La solitudine. I problemi di salute. La sua unica gioia eri tu. Ha vissuto per te, Marco. Non devi rattristarti. Ne valeva la pena. Ma anche tuo padre non ti credere. Non era affatto d'animo cattivo, tutt'altro. Era però costretto a combattere una guerra interiore, terribile e lacerante, per difendersi da fantasmi che riteneva reali. Non so chi dei due abbia sofferto di più...»

«Ma mamma non sapeva nulla della storia del ferimento di mia nonna? Non me ne ha mai parlato, non ti pare strano?»

«Qui, devo ammetterlo, c'è una nostra responsabilità...»

«Nostra? Che intendi? Di chi?»

«Mia personale e di tua nonna Susanna. Tuo nonno Titino, invece, era dell'idea che Valeria dovesse sapere tutto. Ma alla fine si arrese di fronte alle nostre prese di posizione. Tua madre, nonostante lo scalpore che una separazione a quei tempi comportava, decise con grande coraggio di mettere alla porta tuo padre… E ti giuro, Marco, fosse stato per lei, Salvo se lo sarebbe tenuto, sopportando cristianamente tutta la sua stramberia. Nella buona e nella cattiva sorte, come aveva promesso durante il matrimonio. Ma eri nato tu. E con te, mi diceva, non c'era promessa che tenesse. Eri piccolo, innocente e lei aveva solo un dovere: quello di salvaguardarti. Che cosa sarebbe stato di te, se fossi cresciuto a contatto quotidiano con tuo padre, respirando ogni giorno un'aria insana, in un'atmosfera costante di tensioni, turbamenti e angosce? Insomma, dicevo, quando tua mamma ci comunicò la decisione irrevocabile di separarsi da tuo padre, ritenemmo superfluo informarla delle risultanze delle investigazioni sul conto dei tuoi nonni. Credimi Marco, l'abbiamo fatto in buona fede, pensando di preservarla e, soprattutto, di preservare te da possibili scandali e maldicenze… Non aveva più senso scavare nel passato, quando ormai la separazione era compiuta.»

«Zia, perdonami… Non è certo un'accusa che ti muovo a distanza di tanti anni, ma forse conoscere la verità avrebbe potuto aiutare mio padre a curarsi.»

«Sai Marco, l'ho pensato anche io, tante volte. Ma sono giunta alla conclusione che tuo padre, per come l'ho conosciuto, non si sarebbe assoggettato a nessun tipo di cura, non avrebbe preso medicine, né tantomeno si sarebbe sottoposto a psicoterapia… Non si fidava di nessuno, se non di se stesso. Forse se fosse stato rinchiuso e sottoposto a una cura decisa, come l'elettroshock… Chi può dirlo? Ma proprio in quegli anni, dopo tanti abusi compiuti nei manicomi, il Parlamento approvò una legge per abolire i trattamenti obbligatori. Nessuno poteva costringere un paziente a curarsi senza la sua volontà. Fu una grande conquista sociale, sicuramente. Ma tuo padre il consenso per qualunque tipo di cura non l'avrebbe mai dato. Era un medico anche lui e forse, proprio per questo, stava lontano dai suoi colleghi come dalla peste...»

Marco lasciò ciondolare la testa all'indietro e chiuse di nuovo gli occhi. Le sorprese, per quel giorno, erano state davvero troppe. Pensò a sua madre, così tormentata dal destino. Al sogno di lei, un sogno normale, alla portata di tanti, di avere una famiglia felice, un sogno che si era infranto così presto, sul muro cupo e ostinato della follia del marito. All'angoscia di vedere l'uomo a cui aveva con entusiasmo e devozione giurato amore per sempre, trasformarsi in un terribile e ingiusto inquisitore. Ma aveva ragione zia Maridda: anche suo padre Salvo aveva sofferto, immensamente e disperatamente.

Nella testa di Marco frullavano, rimbombando, parole, pensieri, immagini, ricordi in ordine sparso... Gli affiorò all'improvviso alla mente un episodio apparentemente senza significato, vissuto in compagnia di suo padre, tantissimo tempo addietro. Pensò che se la sua memoria lo aveva conservato, in qualche angolo remoto del suo inconscio, era perché doveva avere una grande importanza. Era una spia, un segnale, che lui – all'età che aveva allora, di otto, nove anni – non avrebbe mai potuto decrittare. Aveva visto in un cinema parrocchiale, quelli in cui davano film vecchi di anni, *I magnifici sette*, con Yul Brynner, e ne era rimasto entusiasta. Un giorno, passando con suo padre in auto a piazza Istria, vicino alla sua scuola, aveva notato una locandina pubblicitaria con l'immagine di Brynner, vestito da cow-boy. Il titolo del nuovo film reclamizzato era qualcosa tipo: *Sei un gran figlio di...* Marco controllò subito sul cellulare e trovò l'immagine della locandina. Quel film esisteva davvero, non era frutto di un'allucinazione... Era del 1970 e s'intitolava *Indio Black, sai che ti dico: sei un gran figlio di...* Tornò a quel bambino che era sprofondato, in quell'automobile spaziosa, una Fiat 124, nel grande sedile di similpelle beige, impregnato dall'odore di sigarette. Un bambino che, con vocina tremula, aveva chiesto: «Papà, ma che cosa vuol dire "gran figlio di..."».

Suo padre, senza pensarci troppo aveva risposto: «Figlio di cane».

«E che vuol dire figlio di cane?»

«Figlio di uno che è stato in prigione...»

Quel ricordo vivido, che ora gli si riavvolgeva davanti agli occhi in una sorta di trance, non doveva essere apparso per caso. Cominciò infatti a farsi strada un barlume, in fondo a quella nebbia fitta che gli riempiva la testa. Che divenne via via sempre più forte, fino a rischiarargliela completamente.

"Ora tutto ha un senso" disse fra sé e sé, come se avesse avuto una rivelazione. Dopo qualche istante di silenzio, alzò gli occhi verso Luce, che lo guardava senza parlare.

Lo sguardo dell'uomo, notò lei, era come addolcito.

«Oggi è la giornata delle rivelazioni. Ora tocca a te» le disse Marco. «Torniamo nello studio. E finiamo di leggere il racconto del tenente...»

Passo San Pellegrino, 9 agosto 1916

Il processo dinanzi al tribunale straordinario di guerra è cominciato dopo un'ora esatta. A Crespi, che si trovava già recluso in cella per scontare la punizione, la notizia dell'accusa a suo carico è stata comunicata direttamente dai carabinieri che lo hanno scortato alla baracca del comando, pochi minuti prima dell'inizio.

Formalmente la presidenza del tribunale spettava al nostro colonnello, comandante del reparto. Ma la presenza, accanto a lui, del generale Pintozzi lasciava pochi dubbi su chi avrebbe effettivamente gestito la conduzione del processo.

Ho appreso lì, in quell'aula di tribunale improvvisato, con chi avrei dovuto incrociare le spade: l'odioso tenente Borzari, che, guarda caso, si era offerto volontario per sostenere l'accusa.

«Chiamo subito a deporre» ha annunciato il colonnello, «l'imputato, soldato scelto Antonio Crespi.»

Antonio si è alzato e si è avvicinato al tavolo della giuria. Aveva l'aria stralunata, come quella di qualcuno che viene svegliato improvvisamente nel cuore della notte e che ancora fa fatica a realizzare dove si trovi.

Davanti alla corte marziale ha ripetuto, per l'ennesima volta, il suo racconto: di essere andato in licenza per paternità e delle traversie incontrate nel viaggio di ritorno. Pintozzi, guardandolo con disprezzo, gli ha chiesto perché non aveva comunicato ai carabinieri il suo ritardo, come prescritto dal regolamento. Lui ha balbettato: «Nessuno me lo ha detto...». E all'obiezione che questa prescrizione era scritta nel foglio di licenza, ha replicato con un filo di voce, abbassando lo sguardo: «Signor generale, io sono analfabeta...».

La parola è passata a Borzari. Ha sostenuto, con concetti rozzi e giuridicamente molto discutibili, che si era di fronte a un classico caso di diserzione. E che la circostanza che Antonio si fosse successivamente presentato al reparto non poteva in nessun modo attenuare il grave reato già consumato in precedenza. Reato, in sostanza, che andava giudicato nel momento in cui esso era stato commesso, senza tenere conto dei fatti successivi.

«Non possiamo conoscere» ha detto enfaticamente l'accusa «se il soldato Crespi sia tornato al reparto perché pentito, perché timoroso della punizione o per chissà quale altra motivazione. Le motivazioni riguardano le coscienze e le conosce solo il buon Dio. Ma noi qui siamo chiamati a giudicare i fatti, non le motivazioni, e i fatti sono indiscutibili. Il codice penale militare parla chiaro: dopo 24 ore di assenza ingiustificata dal reparto deve scattare la denuncia. A meno che il soldato non avvisi i carabinieri dell'eventuale impedimento occorsogli. Crespi non lo ha fatto. E l'imputato, pertanto, deve essere processato per aver in quel momento specifico commesso il reato di diserzione.»

Ho subito replicato: «Al contrario di quanto sostenuto

dall'accusa, il reato di diserzione si configura proprio nella volontà del soldato di abbandonare coscientemente il suo reparto, al fine ultimo di sottrarsi ai combattimenti. Nel comportamento del Crespi, di cui tutti in reparto conoscono il coraggio e l'abnegazione dimostrati più volte in battaglia, non c'è assolutamente traccia di questi elementi. Che sono e restano decisivi perché il reato si configuri. Ha tardato, è vero, ma per motivi indipendenti dalla sua volontà. Motivi pratici, il ritardo del treno, facilmente verificabile. Non certo per evitare il combattimento. Ed essendo analfabeta non poteva conoscere la disposizione che gli ordinava di presentarsi dai carabinieri in caso di ritardo. Non essendoci dolo, cioè la volontà effettiva di sottrarsi ai combattimenti, non può esserci reato...».

«Non vorrei ricordare all'illustre collega che tende a giocare con le parole» ha controbattuto Borzari «la massima che recita che la legge non ammette ignoranza. Ma vorrei per un attimo spostare l'attenzione della corte su un'altra circostanza. È in grado l'imputato di dimostrare che chi gli consegnò il foglio di licenza non lo avvisò a voce dell'obbligo di presentarsi ai carabinieri in caso di ritardo per forza maggiore?»

Crespi si è guardato intorno, smarrito, e ha detto con un filo di voce: «Ero così contento e confuso per la nascita di mia figlia che non ricordo nemmeno chi mi ha consegnato il foglio di licenza...».

Borzari ha sorriso compiaciuto, non rendendosi conto che mi stava offrendo un appiglio formidabile.

Ho chiesto immediatamente la parola: «Alla luce di quanto testé dichiarato dall'accusa, chiedo di sospendere questo giudizio per un supplemento di indagine, giusto il tempo di individuare chi fu a consegnare la licenza al Crespi e di farlo testimoniare su questa precisa circostanza: se avvisò l'imputato oppure omise di avvisarlo degli obblighi connessi in caso di ritardo».

Borzari si è subito opposto: «Vorrei far presente alla difesa che qui non siamo in un'aula di tribunale ordinario, in tempi normali. Questo è un tribunale straordinario in zona di guerra. Abbiamo il compito di assicurare giustizia in modo rapido ed esemplare e non si possono ammettere tattiche dilatorie. Dobbiamo giudicare sui significativi fatti fin qui emersi, non aggiungere elementi e testimonianze che ci porterebbero fuori strada».

A quel punto il generale Pintozzi, che era rimasto visibilmente contrariato dalla mia richiesta, in verità del tutto ragionevole, ha sussurrato qualcosa all'orecchio del colonnello. Il mio comandante è diventato rosso in viso e, scuotendo la testa, ha decretato: «La richiesta della difesa è respinta».

È così giunto il momento della requisitoria. Il tenente Borzari ha ribadito le sue discutibili tesi sul reato da perseguire nel momento in cui esso viene compiuto, indipendentemente dagli intenti. Senza tradire alcuna emozione nella voce, ha chiesto per Crespi la pena di morte mediante fucilazione al petto per il reato di diserzione «in faccia al nemico».

Ho capito dalle espressioni dei membri della corte, così pesantemente e irregolarmente influenzata dalla presenza del generale Pintozzi, che per salvare la vita di Antonio c'era bisogno di giocare una carta a sorpresa. Ed è quello che ho fatto.

«Signori ufficiali» ho detto nella mia arringa difensiva, «evito di tornare sulle discutibili tesi dell'accusa sulla consumazione del reato. Ho già speso parole su questo. Ma vorrei

focalizzare l'attenzione di codesta corte sulla richiesta, spropositata e abnorme, della pena di morte. Il codice parla chiaro: la fucilazione è prevista nei casi di diserzione, abbandono di posto, codardia, rivolta e altri reati compiuti appunto, come ha ammesso la stessa accusa, "in faccia al nemico". La ratio della norma è di immediata comprensione. Alcuni gravi reati, puniti normalmente con pene detentive anche molto dure, diventano passibili della pena massima dell'ordinamento se compiute durante l'infuriare della battaglia. Questo è il punto cruciale. Ammesso e non concesso che l'imputato abbia compiuto il reato di diserzione, come erroneamente sostiene l'accusa, questo non è stato in alcun modo consumato "in faccia al nemico", perché se Crespi ha disertato, lo ha fatto lontano chilometri e chilometri dal campo di battaglia. Ammesso e non concesso che il soldato Crespi abbia deciso di non tornare al reparto, per sottrarsi alla battaglia, questa ipotetica decisione potrebbe averla presa a Tivoli, dove risiede la sua famiglia, a Roma... o a Bologna... sul treno... Insomma in un luogo qualsiasi del territorio italiano dove non infuriano i combattimenti. Il nostro codice penale militare di guerra prevede che la diserzione sia punita con la pena capitale se il soldato si allontana volontariamente dal reparto ma solo – e sottolineo solo – se il reato è commesso "in faccia al nemico". Se manca quest'ultima condizione, infatti, la diserzione è punita con il carcere militare. Non credo che questo assunto – così semplice, così palese – possa essere messo in dubbio da questa onorevole corte. Per questo motivo, chiedo in via principale l'assoluzione del soldato scelto Antonio Crespi dall'accusa di diserzione per la totale mancanza di dolo. In via subordinata, qualora l'accusa di diserzione risultasse confermata, chiedo il trasferi-

mento del processo presso il tribunale militare ordinario, non essendo questa corte, costituitasi in tribunale straordinario, competente a giudicare reati commessi lontano dal teatro di guerra, né tantomeno competente a comminare la pena capitale per tali fattispecie.»

Ho dato una rapida occhiata alle espressioni dei giurati. Il colonnello mi è apparso sollevato, quasi soddisfatto, il generale Pintozzi sull'orlo di una crisi di nervi. E soprattutto Borzari ha mostrato il viso di chi sente già in bocca l'amaro sapore della sconfitta. Ho incrociato gli occhi chiari di Antonio, pieni di gratitudine nei miei confronti. Ho ricambiato con uno sguardo fiducioso. Il colonnello ha sospeso la seduta annunciando il ritiro in camera di consiglio.

La corte ha fatto ingresso nella baracca comando dopo appena dieci minuti. Dieci minuti per decidere del destino di un uomo, un'incombenza burocratica da sbrigare con sufficienza. Dal viso pallido e sofferto del colonnello ho capito subito che le cose si erano messe male. Deve averlo capito anche Antonio, a giudicare dalla sua espressione, più incredula che impaurita.

Il colonnello ha dato l'attenti e ha letto la breve sentenza, il cui assurdo assunto era più o meno questo: con il suo colpevole ritardo, Crespi si è sottratto, a differenza degli altri componenti della sua compagnia, a due giorni di combattimento, quindi la sua diserzione deve essere a tutti gli effetti considerata come se fosse avvenuta «in faccia al nemico». Pertanto il tribunale straordinario ha emesso per il povero Crespi la condanna a morte mediante fucilazione nel petto. La sentenza, inappellabile, verrà eseguita domani all'alba.

Stavo per mettermi a urlare, ma il colonnello mi ha implorato con gli occhi di starmene buono. Pintozzi e il suo sgherro se ne sono andati via soddisfatti. Crespi, che non ha mai perso il contegno, è stato trascinato via dai carabinieri. Nella baracca siamo rimasti solo io e il colonnello.

«Che Dio ci perdoni, Giardina» ha esordito, «non immagina nemmeno a quali pressioni sono dovuto sottostare...»

«Signor colonnello, mi permetta: che Dio perdoni lei. Ma Pintozzi non merita alcun perdono, né da Dio né dagli uomini.»

«Tenente, mi creda, è il giorno più infausto della mia vita. Una macchia sulla mia carriera di ufficiale e sulla mia coscienza di uomo, che non potrò mai cancellare...»

Non avevo molta voglia di consolarlo. Tagliai corto: «Le chiedo, signor colonnello, di poter assistere il condannato durante l'ultima notte».

«Accordato... Avrà un'ora di tempo. Ho incaricato Lupattelli di comandare domani il plotone di esecuzione. Ha fatto il disastro, ora se la sbrighi lui. Pensi che il generale Pintozzi ha insistito perché lo comandasse lei...»

Me ne sono andato senza nemmeno salutare. Non volevo proprio ascoltare altro. All'esterno della baracca ho respirato avidamente l'aria fresca e pulita. Era come se avessi i polmoni pieni di veleno. Ho rivolto lo sguardo al cielo dietro le montagne. L'azzurro cupo della notte incombente si sfumava, in basso, nelle strisce di nubi di colore rosso fuoco. Quella vista in genere mi rasserenava. Quella sera no. Come un'ombra mi è salita addosso una grande paura. Paura di non essere in grado, paura di dover incrociare gli occhi di Antonio, paura di non saper trovare le parole giuste. Poi mi sono fatto forza, con il pensiero che chi aveva davvero bisogno di conforto e assistenza non ero certamente io, ma

Antonio. Ho indugiato ancora un po' di fronte alla porta della cella. Poi ho ingiunto ai carabinieri di lasciarmi entrare: «Ordini del signor colonnello».

Crespi era seduto su una sedia a cavalcioni proprio al centro della cella.

«Signor tenente, grazie» mi ha detto alzandosi e venendomi incontro.

«Grazie di cosa, Crespi? Non sono riuscito ad aiutarla, la mia difesa è stata un disastro.»

«Voi invece avete fatto moltissimo. Quegli uomini pensavano di condannarmi in buonafede e di essere così in pace con la coscienza. Invece, dopo le vostre parole, sanno che la mia condanna è avvenuta solo per la loro malafede. I rimorsi li perseguiteranno per tutta la loro vita... Sarà la mia vendetta.»

«Antonio, non pensi alla vendetta. Ora non ha senso. Si faccia l'esame di coscienza e si prepari all'incontro con la morte. Lei è credente, mi ha detto, giusto?»

«Signor tenente, noi povera gente all'incontro con la morte siamo preparati. Sin da piccoli: fame, carestie, malattie che strappano noi e i nostri bambini dall'abbraccio delle persone che amiamo. Da quando, poi, siamo qui al fronte, la morte è sempre accanto a noi, ci segue come l'ombra. Oggi tocca a uno, domani a un altro. E nessuno si chiede perché il buon Dio ha scelto uno o ha salvato l'altro. È così: si nasce e si muore. La morte è parte essenziale della vita. Non ho paura, tenente, credetemi. A tutto ci si abitua, a tutto si fa il callo, anche alla paura e alla morte.»

«Lei ha ragione, Crespi. Siamo tutti così precari, legati a un filo sottile che può spezzarsi da un momento all'altro.

Però, lasci che glielo dica, la sua morte mi fa rabbia. È ingiusta…»

«È la guerra che è ingiusta, signor tenente. O, forse, è la stessa vita a esserlo.»

«Antonio, c'è qualcosa che posso fare per lei? Non abbiamo molto tempo…»

«Sì, signor tenente…» Antonio si è come animato. «Se me lo chiedete, vi rispondo che sì, potete fare molto per me.»

«Sono qui, l'ascolto…»

«Mia figlia… e mia moglie…»

«Vada avanti.»

«Non devono sapere come sono morto… Devono sapere che sono morto in combattimento, come tanti altri… Non ammazzato, legato a una sedia e con gli occhi bendati, dai miei commilitoni. Mia moglie e mia figlia in futuro non devono sapere la verità, perché altrimenti finiranno per odiare la Patria. E loro alla Patria debbono volerci bene… Me lo promettete?»

«La verità è che lei è stato sempre un bravo e coraggioso soldato. Non è facile quello che mi chiede. Non so se ci riuscirò, Antonio, ma farò tutto il possibile, glielo prometto. Sempre che una pallottola nemica non mi buchi la testa in uno dei prossimi giorni…»

«Voi siete un uomo buono e sono sicuro che con l'aiuto di Dio ci riuscirete… Quando da domani sarò in Paradiso vi proteggerò dall'alto e vi farò tornare a casa.»

Ci siamo abbracciati per un tempo interminabile. Mentre mi stringeva ho pensato all'assurdità della sua richiesta e alla temeraria superficialità con cui gli ho fatto la mia promessa. Mi ero insomma cacciato in un bel guaio, su un sentiero impervio, pieno di rischi, ostacoli e con la quasi certezza del fal-

limento. Ma lo sguardo rasserenato con cui mi ha guardato l'ultima volta mi ha dato forza e determinazione. In questa guerra, brutale e insensata, oltre a Susanna, avevo ora un motivo in più per cercare di sopravvivere: quello di sanare la più grave delle ingiustizie.

Passo San Pellegrino, 10 agosto 1916

Questa mattina all'alba il plotone d'esecuzione, composto da dodici soldati della mia compagnia, scelti con il sorteggio, e comandato dall'aspirante Lupattelli, ha ammazzato, sparandogli al petto, il soldato scelto Antonio Crespi, un uomo onesto, retto e valoroso. Ho passato un'altra notte insonne, con la gamba che mi doleva più del solito: così ho potuto marcare visita ed evitarmi il mesto spettacolo della fucilazione, avvenuta – così come disposto dalle circolari del generale Cadorna – di fronte ai commilitoni schierati. Essendo i fanti della brigata impegnati quasi tutti nelle prime linee, al povero Crespi non è stata risparmiata una lunga e penosa salita a piedi fino alle retrovie, sino al cimitero da campo della Val Minera. Una specie di salita al Calvario. Ma la croce di Antonio la portavamo un po' tutti, nel cuore.

Mi ha raccontato il cappellano che Crespi si è comportato fino alla fine con grande dignità, sorridendo persino ai suoi ricalcitranti e disperati carnefici estratti a sorte e avendo parole di perdono per tutti. Anche i carabinieri che lo scortavano al patibolo erano visibilmente scossi. Immediatamente dopo l'esecuzione della sentenza, ai fanti che assistevano addolorati e attoniti è stato detto di prepararsi perché, alle 4 del mattino successivo, sarebbe stato impartito l'ordine di assalto all'Osservatorio di Cima Bocche. Proprio un bel modo di motivarli!

Passo San Pellegrino, 11 agosto 1916

Dopo aver respinto e massacrato, nella notte, decine e decine dei nostri fanti, le artiglierie nemiche hanno da questa mattina pesantemente bombardato dall'alto il nostro quartier generale, causando numerose ulteriori perdite. Il nostro colonnello è stato ferito gravemente e la baracca comando è stata distrutta. Approfittando della mancanza del colonnello e del caos che ne è seguito, ho compilato il diario di guerra delle ultime 48 ore omettendo qualsiasi riferimento al processo e alla fucilazione di Crespi. Ho timbrato il rapporto. Manca la firma del colonnello, ma chi avrà qualcosa da ridire? La situazione al nostro campo è talmente confusa e drammatica che a nessuno verrà in mente di controllare il diario di guerra e di chiedersi tra chissà quanti anni perché il processo e l'esecuzione di Crespi siano stati omessi.

A fine giornata ho scritto alla moglie di Crespi, così come alle famiglie di altri soldati caduti, avvisandola della morte del marito. Le ho scritto che è morto da eroe. Ed è la verità.

Il destino ha voluto che anche Lupattelli abbia trovato la morte gloriosa che aveva tanto cercato... Non lo odio, lo compatisco. Ora è un nome insieme ad altri nomi. Nessuno si ricorderà di lui. Sarà sepolto con gli altri caduti nel cimitero di Val Minera. Ufficiali, sottufficiali, soldati. Per il colmo del paradosso anche Antonio riposerà lì, accanto a lui. L'eroe e il disertore o, come dovrei dire, il carnefice e la vittima, senza che nessuno possa distinguerli.

Tra le nubi, stasera, mi è sembrato di scorgere il faccione di Antonio, che mi sorrideva sereno, quasi divertito, e mi incoraggiava dall'alto a continuare nell'opera di dissimulazione. Ho sorriso anch'io… E ho anche riflettuto sulla circostanza che Crespi, in effetti, sarebbe potuto facilmente morire oggi, nel giorno più infausto della lunga battaglia di Cima Bocche. Del plotone di cui Antonio faceva parte, lanciato alla conquista del cosiddetto Osservatorio, un'anticima di Bocche molto ben protetta, non è tornato più nessuno. Tutti morti o dispersi. Fatti a pezzi.

In fondo, il generale Pintozzi potrebbe aver accorciato la vita di Crespi soltanto di una manciata di ore. Questo pensiero mi ha rinfrancato. Ma non ho potuto, egualmente, far a meno di pensare a quale punto può giungere la malvagità e l'insipienza degli uomini. Malvagità e insipienza, alle quali ho cercato di porre rimedio, come ho potuto, seguendo la mia coscienza e il senso di pietà che hanno prevalso sulle imposizioni, sugli ordini e sul cosiddetto senso del dovere.

Realtà e finzione

«Cazzo, che storia!» si lasciò sfuggire Marco, alzando gli occhi dai fogli strappati del diario.

Luce gli sorrise appena, timidamente. Aveva gli occhi bagnati di lacrime.

«Davvero incredibile... Tuo nonno ha fatto tutto questo, rischiando di persona, per il mio bisnonno. Per preservarne la memoria e per raddrizzare il torto subìto. Ora mi tornano tante cose... Perché, per esempio, il fascicolo del mio bisnonno era vuoto...»

«Sì, tornano anche a me. Mia madre, per esempio, non si spiegava perché nonno Titino, nonostante non sopportasse la vita militare, e non vedesse l'ora di fare l'avvocato, rimase in servizio per altri due anni dopo la guerra...»

«Fece in modo di farsi assegnare agli archivi! L'ho letto nel suo stato di servizio. In modo da poter cancellare ogni traccia della fucilazione del mio bisnonno. La promessa fatta ad Antonio Crespi è stata mantenuta. Mia bisnonna e mia nonna hanno vissuto credendo che fosse morto in combattimento, non hanno subìto la terribile ignominia...»

«C'è, tra i tanti» aggiunse Marco, «un aspetto che mi colpisce. Titino è costretto a ricorrere alla menzogna per preservare la verità. Sembra un tema pirandelliano...»

«Tu sempre così aulico e letterario. A me invece è venuta in mente un'altra cosa, più banale, ma emotivamente più coinvolgente. E cioè che la storia delle nostre famiglie, Marco caro, è intrecciata in modo stupefacente. E ancora più stupefacente è il fatto che siamo qui, in Sicilia, tu e io, a scoprirlo insieme dopo tanti anni. Senza contare che anche tu, oggi, in qualche modo hai sciolto un nodo esistenziale della tua vita...»

«Davvero: io ho scoperto la verità su mio padre e tu hai onorato l'impegno morale con tua nonna.»

«Non del tutto, devo ancora portare un fiore sul luogo dove è sepolto il bisnonno...»

«In Val Minera, probabilmente, come racconta il diario. È una valle laterale sotto Cima Bocche. Sono un appassionato di montagna e frequento da sempre le Dolomiti. Anni fa ho fatto un'escursione da quelle parti, ignorando del tutto che fossero i luoghi di guerra di nonno Titino. Dopo questa scoperta sorprendente, devo dirti che non vedo l'ora di tornarci... Ci potremmo andare insieme, se vuoi.»

«Davvero mi accompagneresti?» chiese Luce con sguardo melenso.

«Come faccio a dirti di no se mi guardi così?»

«Te ne sono davvero grata» rispose lei, gioiosa. «E dunque, nuovo viaggio dalla Sicilia alle Alpi, ma sempre rigorosamente in treno... Giusto?»

«A me piace moltissimo viaggiare in treno. Ma se proprio insisti, per tornare a Roma potremmo prendere l'aereo.»

«Ma tu non lo prendi...»

«E chi te lo ha detto?»

Luce lo guardò meravigliata.

«Tu!» esclamò. Poi s'illuminò: «Sei un bugiardo matricolato... Mi hai fatto fare inutilmente ore e ore di treno. Sei proprio uno stronzo!».

«Una bugia a fin di bene, come quelle di nonno Titino!»

«Non mi azzarderei a fare paragoni. Ma, sentiamo, quale sarebbe, in questo caso, il bene?» replicò la donna, contenta di conoscere in cuor suo già la risposta.

Marco allargò le braccia sorridendo.

Nemmeno un'ora dopo, Luce e Marco erano già in auto. Si erano congedati da Mercedes che, per la prima volta, aveva loro sorriso. «Marcos, ven a ver a tu tìa, cu a carusa, muy presto» aveva detto loro in quel suo buffo esperanto ispanico-siculo. Poi avevano salutato zia Maridda che, dopo l'incredibile sprazzo di lucidità in cui era apparsa perfettamente presente a se stessa, si era di nuovo richiusa nel suo mondo popolato di ombre ed enigmi.

Marco chiese un favore a Luce, che si era messa alla guida: una deviazione per fare una breve visita al cimitero di Caltanissetta.

«Non so se ho fatto bene, ma ho voluto riunire qui, nella stessa tomba, mio padre e mia madre. Anche se, di fatto, il loro matrimonio è stato annullato e, quindi, per lo stato civile sono due estranei. Mi è però parso che la morte potesse in qualche modo congiungerli, dopo che la vita li aveva così crudelmente divisi» disse a Luce che aveva voluto scortarlo fin dentro la cappella di famiglia. «Anche la sofferenza li ha uniti...»

Sulla lapide di Salvo e Valeria, il figlio aveva fatto incidere una frase di Gesù tratta dal discorso della Montagna: BEATI QUELLI CHE SOFFRONO, PERCHÉ SARANNO CONSOLATI.

Luce replicò: «Sei tu il *trait d'union*, Marco, il frutto vivo di un loro atto di reciproco amore, per quanto tormentato e sofferto possa essere poi stato il loro rapporto».

Per buona parte del viaggio dal cimitero sino all'aeroporto di Catania, la coppia rimase in silenzio. Avvertivano entrambi l'esigenza di analizzare, di mettere a fuoco, e soprattutto di lasciar depositare nella loro coscienza, il polverone di materiale altamente emotivo che si era alzato in quella memorabile giornata. Era, insomma, un silenzio carico di reciproca connessione. E comprendevano perfettamente come quella doppia, intima e toccante scoperta, che riguardava il loro passato, li aveva ormai strettamente legati l'un l'altra.

Fu Luce la prima a destarsi da quella sorta di trance. «Posso chiederti un paio di cose, Marco?»

«Certamente...»

«La storia del Rolex. Mi hai lasciata con la curiosità...»

«Te la faccio breve. Il giorno prima che mio padre si togliesse la vita era domenica. Avevo la patente da poco e mio padre mi aveva regalato una macchina, una Renault 5 rossa fiammante, di cui andavo fierissimo...»

«Mica un regalo da poco, si vede che eri un signorino benestante...»

«No, non è proprio come dici. L'auto mi fu comprata perché i miei, su questo mamma e papà erano d'accordo, mi avevano vietato il motorino a quattordici anni. E, per indorarmi la pillola, mio padre mi aveva promesso che a diciotto anni mi avrebbe comprato la macchina.»

«Sempre signorino, anche senza motorino...»

«Non puoi capire cosa significava per un ragazzino di quattordici anni a Roma avere tutti i compagni con il motorino e lui no... Il motorino era essenziale per rimorchiare le ragazze. Senza non avevi speranze!»

«Che problema... un vero dramma esistenziale.»

«Ma la pianti? Altrimenti non ti racconto più niente!»

«Va bene, va bene. Starò zitta... Dimmi.»

«Insomma, mi hai fatto perdere il filo... Dicevo: il giorno prima era domenica e io andai a trovare mio padre in caserma. Non voleva alzarsi dal letto, era apatico, spaventato e depresso. Lo convinsi a fare un giro con l'auto che mi aveva regalato, non l'aveva ancora vista... Accettò. Ma non parlava, rispondeva solo a gesti. Lo portai a via Veneto, da Doney, un caffè molto famoso negli anni Sessanta, che lui amava. Mi ci portava spesso quando ero piccolo, la domenica pomeriggio, mi comprava un giornaletto – "Topolino" o "Asterix" – e mi ordinava un gelato. Poi ci sedevamo al tavolino fuori e mentre io divoravo gelato e giornaletto lui guardava la gente passare. Gli piaceva moltissimo. Io proprio non capivo che gusto ci fosse a stare lì, seduto, per ore, a guardare... L'ho capito molti anni dopo, quando ho visto i siciliani seduti al bar a guardare lo struscio.»

«Da quello che ho capito io» lo interruppe Luce, «oltre allo struscio, guardano le femmine...»

«Credo che mio padre, da buon siciliano, non facesse eccezione. Dopo un po' che eravamo seduti lì, finalmente aprì bocca e disse, con un filo di voce, quattro parole che non ho mai più dimenticato: "La vita è bella". Lo disse con una tale malinconia, una tale tristezza, che vinsi l'abituale timidezza che avevo nei suoi confronti, e quasi sbottai: "Ma certo, papà. La vita è bella e lo sarà ancora. Per te, per me, per tutti...". Non mi rispose nulla. Con un gesto deciso, si sfilò il Rolex che aveva al polso, me lo consegnò e pretese di avere in cambio il mio orologio, un Philip Watch d'acciaio, che mi aveva regalato lui quando avevo compiuto sedici anni. Io rifiutai. Sapevo che per lui quel Rolex d'oro rosso aveva un significato speciale, rappresentava una sorta di sigillo del suo riscatto sociale, della sua indipendenza economica. Lui non se ne separava mai. Non potevo accettare quello scambio, era troppo per me. Ma, ingenuamente, non lo compresi nella sua vera essenza...»

«Non ho capito che cosa vuoi dire» intervenne Luce, visibilmente scossa dal racconto.

«Voglio dire che lo interpretai come un ulteriore segnale della sua depressione. Da quando si era ammalato, si vestiva male, sempre con gli stessi abiti vecchi e logori. Pensavo che il cambio di orologio rientrasse in questo progressivo processo di svalutazione personale, di mortificazione che stava compiendo... Come se non si sentisse più degno del Rolex.»

«E invece?»

«Invece non avevo capito nulla. Aveva già in testa, programmato da chissà quanti giorni o mesi, il piano per farla finita. E voleva consegnarmi l'oggetto a lui più caro, per metterlo al riparo dalla caduta...»

Luce mise la freccia, sterzò di colpo e si infilò in una piazzola di sosta dell'autostrada, arrestando l'auto. Si girò verso Marco, gli prese la mano e guardandolo negli occhi gli chiese: «Vuoi davvero continuare questo racconto?».

Marco aveva lo sguardo perso nel nulla. Si girò verso di lei, stringendole la mano, e rispose: «Sì, Luce, lo voglio finire... Insomma, ho riaccompagnato mio padre in caserma. Lui mi ha chiesto: "Che fai ora?". Io, conoscendo le sue fisime e pensando di farlo contento, visto che quella sera sarei andato a casa di una ragazza che compiva diciotto anni, gli ho risposto: "Vado a una festa a casa di Fulvia. Te la ricordi? Quella ragazza bionda, molto carina..."». Marco fece una pausa. Luce capì che quel ricordo doveva pesargli molto. Poi l'uomo riprese: «Contrariamente alle mie aspettative, papà non la prese bene. Mi disse con aria di rimprovero: "Ma come? Tuo padre sta così e tu vai a una festa?". Non gli risposi, non sapevo proprio cosa rispondergli. L'ho baciato sulle guance e sono andato via, mogio mogio, raccomandandogli di stare su. Non potevo immaginare che quelle dure parole sarebbero state le ultime che avrei sentito da lui. Aveva già da tempo programmato tutto. E io non avevo capito niente».

Marco si asciugò una lacrima. Poi aggiunse: «Il pomeriggio del giorno successivo, lunedì, telefonò a un suo vecchio amico, Peppino B., capitano in pensione, annunciandogli una sua visita. Tutto era stato pianificato con scrupolo e nulla era stato lasciato al caso. Peppino abitava al settimo piano... In commissariato il capitano raccontò l'accaduto: mio padre era entrato, si era seduto sul divano del soggiorno e chiacchierava amabilmente. Lui non si era accorto di nulla. A un certo punto papà gli aveva chiesto un po' d'acqua. Il tempo di andare in cucina e di tornare con il bicchiere in mano e mio padre non c'era più. La finestra era spalancata...».

Luce sentì l'impulso di stringere Marco a sé, di abbracciarlo e baciarlo sulla testa. Sarebbe stata la cosa più naturale del mondo, quella giusta da fare in quel momento. Ma era come paralizzata dall'imbarazzo.

L'uomo prese fiato e le disse: «Rimettiamoci in viaggio, altrimenti perdiamo l'aereo».

Lei obbedì, in silenzio. Dopo una decina di chilometri, gli domandò: «Che cosa intendevi, dopo che tua zia ti ha raccontato i fatti, quando hai detto che tutto aveva un senso? Mi hanno colpito le tue parole».

«Il biglietto che mio padre ha scritto prima di uccidersi è indirizzato a Peppino B. e a me. Sono due brevi frasi. La prima, che non sono mai riuscito a decifrare, diceva così "*Caro Peppino perdonami, ma non credevo nelle implicanze*". La seconda frase, rivolta a me, anch'essa all'epoca mi appariva piuttosto misteriosa: "*Caro Marco, tuo padre è stato sempre onesto. Ma non dovevi subire la mia maledizione. Ti voglio bene*". Mi sono sempre arrovellato su quale fosse questa maledizione, questa esperienza da lui subita e che voleva che a me fosse risparmiata... Qual era la sua ossessione ultima ed estrema, che lo ha portato a togliersi la vita?»

«Quella di finire in prigione!»

«Esatto. E, ossessione ancora più forte, quella di risparmiare a me l'onta di avere un padre in prigione! Ora, dopo aver saputo quello che ha patito da piccolo, ho messo finalmente a fuoco il vero motivo. Perché in prigione c'era stato suo padre e Dio solo sa quanto questa circostanza lo avesse umiliato, fatto soffrire e vergognare.»

«Non c'è dubbio» interloquì la donna.

Marco continuò: «Solo oggi ho potuto capire. Grazie ai ricordi della zia. Ed è una cosa per me di capitale importanza. Insomma, Luce, sia pure nella forma irrazionale e delirante, papà ha considerato il suo darsi la morte come un sacrificio estremo compiuto per me, per salvaguardarmi.

Gesù nel Vangelo di Giovanni dice: "Nessuno ha un amore più grande di questo: dare la vita per i propri amici". Mio padre si è ucciso per me, che ero il suo amore più grande».

«Mi sembra una lettura molto acuta...»

«Ed è soprattutto l'unica possibile, che mi riconcilia in modo totale con mio padre e con Dio.»

«Chiarissimo il discorso su tuo padre. Hai dato un senso alto alla sua morte. Un gesto folle, ma di folle amore, nei tuoi confronti. Ma questa su Dio me la devi spiegare. Sarà che sono atea, ma da sola proprio non ci arrivo...»

«Torniamo al frate cappuccino, quello di San Lorenzo, ricordi?»

Luce annuì: «Certo!».

«Che cosa mi disse in sostanza? Che, nonostante tutto, le porte del Regno dei Cieli sono sbarrate per chi commette suicidio. E, in effetti, se ci pensi bene è l'unico peccato del quale, essendo commesso in punto di morte, non fai in tempo a pentirti.»

«Ok, ma poi ci fu l'altro frate, quello che ti disse parole diverse, di speranza... Che solo Dio poteva scandagliare e conoscere l'animo di uomo disperato che si spinge fino al gesto estremo.»

«Vero anche questo. Però le parole dure, cattive, sono molto più potenti di quelle buone. È una lotta impari. Per quante parole consolatorie puoi ascoltare, nella tua testa rimbomberà costantemente quell'unica espressione malevola, quell'insulto, quell'offesa che ti ha profondamente ferito e che non riesci a scacciar via. Siamo fatti così un po' tutti, credo. E, in definitiva, ero più convinto delle parole del cappuccino che di quelle di padre Gabriele. Quand'ero ragazzo, erano i cosiddetti anni di piombo, quasi mi trovavo a invidiare i figli delle vittime del terrorismo. Erano orfani, al pari di me, ma potevano almeno avere la consolazione di piangere un padre eroe, ucciso dalle Brigate Rosse o dai neofascisti. Il mio non era un eroe, di lui non si poteva parlare se non vergognandosi. Per quanti sforzi ho fatto, non sono mai riuscito a dimenticare le parole aspre del frate cappuccino. Ma ora sono sicuro che, per quel suo gesto di amore nei miei confronti, estremo ed estremizzato, mio padre è seduto accanto a Dio, tra i santi, i martiri e i beati. Alla faccia di quel cappuccino! Non sono un teologo, ho solo studiato un po' catechismo, ma basta ragionare e si ribalta totalmente la prospettiva. Quel suicidio non è stato l'ultimo e pertanto inemendabile peccato di una vita, ma l'atto d'amore, salvifico ed estremo, della vita stessa. Una morte scelta per la mia vita, una morte che apre alla vita, alla speranza. Come quella di Cristo, come quella dei martiri. L'ultimo atto di papà fu un atto di amore e dopo di esso mio padre non poteva più peccare… E quindi è salvo. Ti è chiaro?»

«Sì, credo di esserci arrivata… Ma permettimi: io mi sarei sicuramente affidata alle parole di padre Gabriele e l'avrei chiusa lì. E al diavolo il frate cappuccino! Siete un po' contorti voi credenti.»

«E, tra questi, io ancora di più» rispose Marco con un enigmatico sorriso di soddisfazione stampato sul volto.

«Ho come l'impressione» disse scherzosamente Luce, «che il mio compagno di viaggio e di avventure sia vagamente egocentrico…»

«Cosa profondamente diversa dall'essere egoista…»

«Su questo non ci piove!»

«Piuttosto, Luce, a differenza del tuo eccentrico ed egocentrico compagno di viaggio, invero molto loquace ed estroverso» e qui il tono di Marco divenne più serio, «tu non mi hai detto nulla a proposito di quello che hai provato scoprendo la storia del tuo bisnonno... A differenza di me, a te le parole vanno cavate con le tenaglie.»

«Sto cercando di mettere ordine nei miei pensieri e nei miei sentimenti» rispose la donna. «Sicuramente un senso di grande compassione e tenerezza nei suoi confronti. Ma anche di ammirazione, per il suo comportamento coraggioso e dignitoso sino alla fine. Così come ho ammirato la nobiltà d'animo di tuo nonno. Ha rischiato la galera per adempiere a una promessa. Se devo isolare qualche sentimento, tra i tanti che provo, posso dirti sicuramente che provo innanzitutto amarezza e sdegno. Ho sempre mal sopportato le ingiustizie. E il mio bisnonno è stato vittima di un'ingiustizia, in maniera gravissima.»

«E dimmi un'altra cosa: l'ingiustizia subita da Antonio la vivi come una frustrazione, che ti paralizza, o ti spinge a ipotizzare un cambiamento della tua prospettiva o a mettere in atto qualche comportamento?»

«Chi sei tu che mi porti a scavare dentro il mio animo irrequieto? Un amico, un inquisitore, la voce della mia coscienza, una spia, uno psicanalista?»

«Tutti e cinque... E dunque?»

«È una sensazione vaga, ancora informe. Ma mi viene voglia di gridare al mondo questa ingiustizia e di pretendere in qualche modo una riparazione... Un gesto, anche simbolico, che possa restituire verità e onore al mio povero bisnonno. Che, peraltro, credo proprio che non sia stato l'unica vittima della cosiddetta giustizia sommaria. Due termini che, a ben vedere, mi appaiono in totale contraddizione.»

«Qua ti volevo. Brava. In aereo ti racconto un'idea che mi è venuta in mente. Se ne hai voglia, facciamo scoppiare un casino insieme… Proprio un bel casino!»

Vittime di guerra

Qualche giorno dopo «Il Futuro» uscì con un grande titolo in prima pagina: *I fucilati italiani nella Grande Guerra. È l'ora della memoria?*

Nelle pagine di cultura, Marco Grillo firmava il primo di una serie di articoli d'inchiesta sulle sentenze capitali emesse dai tribunali militari italiani nel conflitto '15-'18. L'articolo cominciava così:

> Si chiamava Alessandro Ruffini, era di Castelfidardo. Stava marciando con la sua compagnia nei pressi di Noventa Padovana, in una cupa giornata del novembre 1917, dopo la disfatta di Caporetto. Il soldato ha la sfortuna di incrociare lo sguardo di Andrea Graziani conosciuto come «il generale delle fucilazioni». Ruffini, forse per sfida forse per disattenzione, non si toglie la pipa dalla bocca al passaggio del superiore. Graziani non ha dubbi: è insubordinazione. Ordina l'immediata fucilazione del poveretto, che viene eseguita sul posto nonostante le proteste di alcune donne presenti.
>
> Chiamato nel 1919 a giustificare il suo gesto, il generale Graziani non si scompone più di tanto: «Valutai tutta la gravità di quella sfida verso un generale, valutai la necessità

di dare subito un esempio terribile atto a persuadere tutti i 200.000 sbandati che da quel momento vi era una forza superiore alla loro anarchia». Graziani non era certamente un sadico, ma un esecutore zelante delle direttive del capo di stato maggiore Luigi Cadorna, teorico dell'esecuzione sommaria e delle decimazioni per «dare l'esempio» a un esercito ritenuto indisciplinato e imbelle. La storia dell'artigliere Ruffini è insieme paradigmatica e singolare. Paradigmatica perché riassume, nella sua ottusa crudeltà, le centinaia di esecuzioni sommarie compiute in nome della Patria nella grande guerra; ma anche singolare, perché di quell'artigliere sfortunato si conoscono almeno il nome e la vicenda, a differenza di tanti altri soldati sconosciuti, incappati nei rigori ferrei della giustizia sommaria. Per tutti loro non c'è nemmeno la menzione nell'elenco dei soldati caduti, il cosiddetto Albo d'oro, e i loro nomi non sono iscritti nelle lapidi dei monumenti commemorativi.

L'inchiesta, supportata dall'ingente materiale documentario raccolto e pubblicato dai ricercatori genovesi Irene Guerrini e Marco Pluviano, moglie e marito nella vita privata, raccontava numerose storie di soldati fucilati dopo processi ingiusti, per reati inesistenti o di poco conto o addirittura dopo il ricorso alla terribile pratica della decimazione per sorteggio. E concludeva con l'interrogativo se, approssimandosi le celebrazioni per il centenario della Grande Guerra, non fosse giunto il momento di aprire una grande discussione nazionale per fare memoria e storia su questo triste capitolo dei giustiziati.

Scriveva Grillo:

Dai mille casi circa di fucilazioni eseguite si evince che, spesso, finire davanti al plotone d'esecuzione o salvarsi era una questione di fortuna, una vera e propria lotteria con la morte. Proprio in questi giorni a Parigi, presso l'Hôtel de Ville, c'è una bellissima mostra, curata da un comitato misto di storici e militari, che ricorda la storia dei soldati francesi fucilati. Si intitola, significativamente, *I fantasmi della Repubblica*. La Francia ha fatto da tempo i conti con questa scomoda memoria, così come la Gran Bretagna. In questi Paesi sono stati inaugurati persino dei monumenti ai fucilati. L'Italia è in ritardo. Ci sono state alcune richieste singole di «riabilitazione» o di «restituzione dell'onore» ai fucilati, come i quattro alpini giustiziati a Cercivento nel 1916 per «rivolta in faccia al nemico». La loro colpa? Quella di aver suggerito ai propri superiori una strada alternativa per sorprendere il nemico. Tuttavia a livello nazionale questo capitolo doloroso non è stato veramente ancora aperto. Non si chiede un'improponibile equiparazione tra i fucilati e i caduti in combattimento, ma di aggiungere alla memoria nazionale una pagina dimenticata e controversa.

L'articolo riportava le tesi di diversi storici e intellettuali che, con sfumature diverse, consideravano comunque doveroso riportare alla memoria nazionale i casi delle tante, troppe fucilazioni avvenute all'interno dell'esercito italiano. Ma la vera bomba, o meglio, il sasso nello stagno era una intervista che corredava l'inchiesta. Il titolo recitava: *La Repubblica restituisca l'onore al mio bisnonno, fucilato al Passo San Pellegrino dopo un processo farsa*. Nell'intervista una giovane donna, Luce Di Giovanni, raccontava per sommi capì la storia del bisnonno, Antonio Crespi, un fante che si era coperto di valore, e che era finito davanti al plotone di esecuzione per un ritardo nel rientro al reparto chiaramente indipendente dalla sua volontà. Diceva la donna:

> Il mio bisnonno è morto in guerra a causa di una rigida e crudele interpretazione di una norma, per il puntiglio di un generale che voleva dare l'esempio a un gruppo di soldati considerati pavidi e deboli. Per il mio bisnonno non chiedo medaglie. Né voglio che sia chiamato eroe. Ma desidero almeno che il suo sacrificio venga ricordato, che il suo nome sia pertanto inciso nella lapide che celebra i caduti del suo Paese, Tivoli. Perché Antonio Crespi, comunque la si pensi sui rigori della giustizia militare, è caduto per la Patria. La sua. La nostra

L'inchiesta del «Futuro» fece scalpore. Ci furono subito dichiarazioni favorevoli di politici, studiosi, intellettuali e cittadini. I militari, però, tacevano prudentemente. A schierarsi immediatamente a favore della tesi di Grillo fu l'Ordinario Militare, il vescovo che guida tutti i cappellani delle Forze Armate. Un parere influente, che non rimase senza effetti. Fu a quel punto che Marco ricevette in redazione la telefonata, alquanto ruvida, di un ex ministro della Difesa, ancora molto influente negli ambienti militari, un sardo perbene, ma piuttosto rigido.

«Grillo» gli disse, «io capisco che lei lavora per un giornale cattolico e che quindi la questione umanitaria vi stia particolarmente a cuore. Ma dovete considerare anche il punto di vista dei militari. Non possiamo cancellare con un colpo di spugna ogni differenza e sostenere che chi è morto da eroe combattendo e chi è stato fucilato, magari per gravi reati, meritino lo stesso trattamento. Non possiamo mettere sullo stesso piano, insomma, soldati che hanno compiuto il proprio dovere e soldati che hanno disertato o tradito… Che lezione daremmo ai nostri soldati e ai giovani d'oggi?»

Marco obiettò: «Non ho mai parlato di equiparazione, ma di recupero della memoria. Anche loro sono morti in guerra e a causa della guerra. Ma, poi, lo sa meglio di me che ci sono stati casi di condanne clamorosamente ingiuste. Per non parlare delle decimazioni, dei sorteggi…».

L'ex ministro replicò: «Senta Grillo, starei molto attento alle generalizzazioni, e se fossi in lei mi guarderei bene dal pronunciare assoluzioni sommarie che seguissero oggi le condanne sommarie di ieri. Aggiungeremo ingiustizia a ingiustizia. Ingiustizia verso quei soldati che allora obbedirono, immaginando di riconoscere nella voce dei propri ufficiali la voce della Patria; ma ingiustizia ancor di più per chi, innocente e condannato allora, si ritrovasse ora confuso nella generale assoluzione con i colpevoli».

Marco colse la palla al balzo: «Sono perfettamente d'accordo con lei. Nessuna equiparazione. Ma ritengo sia giusto restituire l'onore ai fucilati innocenti».

«Questo si può fare, ma non sarà facile. Servono elementi concreti. Bisognerà vagliare caso per caso. E poi è un lavoro da storici, non da magistrati. Non possiamo pretendere che la magistratura militare riapra processi di quasi un secolo fa.»

«Dove forse le nostre opinioni divergono» aggiunse Marco «è su questo punto: secondo me sarebbe giusto e opportuno che la Repubblica compia un gesto di attenzione, di ricordo, di pietà verso chi fu fucilato, anche per giusti motivi. Sono vittime della guerra anche loro. Se l'Italia non fosse entrata nel conflitto, non sarebbero morti e avrebbero vissuto in pace con le loro famiglie.»

«Che discorsi! Se l'Italia non fosse entrata in guerra non avremmo avuto Trento e Trieste! Ma lasciamo stare, Grillo, questo discorso ci porterebbe troppo lontano. Ci siamo capiti benissimo.»

«Posso usare quello che mi ha detto per il mio articolo di domani?» azzardò il giornalista.

«Sì, ma mi mandi prima il testo, voglio controllare ogni virgola!»

«Un'ultima cosa: l'onore ad Antonio Crespi, come chiede la bisnipote, glielo vogliamo restituire?»

«La ragazza dell'intervista? Bisognerà vedere i fatti, i documenti...»

«Documenti non ce ne sono, sono spariti tutti. C'è solo il diario del suo tenente...»

«Un diario? E chi può dire se sia attendibile? Se non sia stato scritto in malafede o per vendicarsi di qualcuno o qualcosa? Comunque non sono un magistrato militare né uno storico. E poi è una decisione che non dipende da me.»

«E da chi?»

«Non lo so. Forse dal ministero della Difesa, o dal Parlamento.»

«Ci vorranno tempi biblici allora...»

«Io non ho più cariche al momento. Non so che dirle.»

Clic.

Mentre Marco pensava, scoraggiato, alle lentezze dell'italica burocrazia, arrivò sul suo cellulare la chiamata di Luce, che con voce squillante gli annunciò: «Marco, abbiamo fatto centro! Mi ha appena chiamato il sindaco di Tivoli. Il consiglio comunale approverà presto una mozione. Non possono intervenire sul monumento ai caduti, perché la competenza è della Difesa, ma dopo l'estate, sul muro del cimitero, che appartiene al municipio, accanto alla lapide con i nomi dei caduti della Grande Guerra, aggiungeranno una targa dedicata ad Antonio Crespi. Mi dovrai aiutare, tu che con la parole ci sai fare, a suggerire un breve testo da incidere. Sono così felice! Ed è tutto merito tuo».

«Merito della tua intervista, direi... Si sta smuovendo qualcosa anche a livello politico nazionale. Aspettiamoci qualche altra sorpresa.»

«Hai qualche idea per la frase da incidere sulla lapide?»

«Vediamo... Scriverei una cosa tipo: "*In memoria del sacrificio di Antonio Crespi, soldato valoroso, caduto dopo iniquo, sommario giudizio, vittima della follia della guerra*".»

«È un po' enfatica, ma mi piace. Funziona... Bravo!»

«Be', penso che puoi dirti soddisfatta e tornare in Francia in pace con la coscienza» commentò il giornalista con calore, ma senza nascondere una punta di amarezza nel pronunciare la parola "Francia".

«Eh no, bello mio» rispose allegra Luce, «il mio voto non è compiuto fino in fondo. Dobbiamo trovare il luogo di sepoltura del bisnonno e portargli un fiore. E tu hai promesso di accompagnarmi, ricordi? O te lo sei già dimenticato?»

Cima Bocche

Due giorni dopo, in tarda serata, Luce e Marco arrivarono a Moena, il paese ladino in Val di Fassa ai piedi di Cima Bocche. Durante il viaggio in auto, avevano parlato a lungo dei nuovi e positivi risultati che la campagna del «Futuro» stava producendo. La notizia più importante riguardava la decisione della ministra della Difesa, una donna molto determinata e competente, di insediare presso il suo ministero una commissione mista, di storici e di militari, con il compito di studiare la questione delle fucilazioni e di proporre iniziative. A presiederla era stato chiamato l'ex ministro, quello della burbera telefonata a Marco. Non era stata una cattiva idea. La sua presenza, infatti, era garanzia di serietà e di equilibrio, specie nei confronti del mondo militare.

Anche il Parlamento si stava muovendo: la Commissione Difesa della Camera si apprestava a votare un provvedimento per far collocare, all'interno dell'Altare della Patria, una lapide che ricordasse, oltre ai caduti al fronte, anche i soldati vittime della giustizia sommaria. Insomma, il piccolo sasso di Antonio Crespi, rotolando a valle, aveva creato una valanga.

I due, che non avevano pranzato, provavano un grande

appetito, alimentato anche dall'aria fresca e frizzantina, e dovettero darsi un po' da fare per trovare un posto dove mangiare: tutti i locali erano pieni. Stessa difficoltà per dormire: gli alberghi a Moena pullulavano di turisti e di famigliole in vacanza ed erano al completo. Così avevano dovuto ripiegare su due stanze in affitto, in zone diverse del paesino montano. Marco si era sentito in dovere di scusarsi: «La sistemazione non sarà un granché...». Ma Luce aveva subito replicato: «Ho passato nove mesi con i piedi di mia sorella addosso, nel ventre materno. E poi fino a diciotto anni e più ho condiviso tutto con lei: stanza, letto, vestiti, giocattoli... Non ti preoccupare, ho una grande capacità di adattamento».

Il fatto poi che le due camere fossero a una discreta distanza rassicurò Luce. Dormire sotto lo stesso tetto di Marco le avrebbe causato qualche imbarazzo, per via della forte corrente di simpatia e di complicità che sentiva sprigionarsi quando erano insieme. «Meglio così» aveva commentato tra sé e sé, quando il compagno di viaggio le aveva comunicato che quella era l'unica possibilità di alloggio.

Marco fu, al solito, molto signorile. Fece visitare a Luce le due stanze – entrambe molto graziose e curate, con le pareti in legno e la stoffa tirolese – e cavallerescamente fece scegliere a lei quella dove avrebbe alloggiato.

«Per me è davvero la stessa cosa» disse la donna, dopo aver visionato la seconda camera. «Non ho preferenze. Visto che ci siamo, dormo qui così non siamo costretti a fare di nuovo su e giù.»

«Bene! Allora passo a prenderti domani mattina alle 7.20. Alle 7.30 abbiamo appuntamento in piazza con Michele. Sarà lui la nostra guida con cui saliremo in montagna.

Il tempo domani sarà variabile, c'è il rischio di temporali, per cui vestiti a cipolla.»

Marco si congedò con un buffo inchino: sembrava imbarazzato. O, meglio ancora, imbambolato. Luce gli sorrise con tenerezza. Ma lui aveva già imboccato la porta d'uscita e, con ogni probabilità, di quest'ultimo sorriso non se n'era neanche accorto.

Luce disfò il bagaglio. Era passata, il giorno precedente, in un gigantesco store di articoli sportivi vicino al Grande Raccordo Anulare e aveva acquistato, su suggerimento di Marco, alcuni capi per l'escursione: una giacca a vento leggera, una maglietta termica, un paio di pantaloni elastici, un pile, dei calzini, degli scarponi tecnici, un piccolo zaino. Dispose tutta la merce sul letto, come per dare un'ultima controllata. Era soddisfatta. Aveva scelto, piccolo vezzo femminile, tutti articoli in tinta: giacca color prugna, pantaloni crema e tutto il resto coordinato. Pensò, immediatamente dopo, a quanto aveva speso: 320 euro. Non molto per tutta la roba che aveva comprato, ma sicuramente troppo, considerando che quell'abbigliamento sarebbe servito per un solo giorno e poi sarebbe finito dimenticato in qualche angolo del soppalco di casa. A Parigi…

Meccanicamente, per associazione di idee, prese il cellulare e chiamò Gérard.

«*Mon amour*» le rispose il compagno, «sono a cena con dei clienti. Ci sentiamo dopo?»

«Non importa, Gérard. Sto andando a dormire. Sono piuttosto stanca e domani ho la sveglia presto!»

«*Oui*, ma ricordati che tra quattro giorni abbiamo il volo per i Caraibi…»

Il termometro esterno segnava 10 gradi: dopo il caldo respirato a Roma, in Sicilia e durante il viaggio, Luce era piuttosto infreddolita e non vedeva l'ora di infilarsi sotto il piumone. Erano appena le 22, ma si addormentò come un sasso. E quasi non sentì la sveglia alle 6.

Alle 7.20 uscì per strada e Marco era già lì ad attenderla. L'aria era decisamente fredda e Luce si infilò la giacca a vento.

«Ho io il materiale per te» le disse Marco.

La donna lo guardò perplessa: «Che materiale?».

«Casco, imbragatura e cordini di sicurezza... Non avrai mica le vertigini?»

«No, non dovrei, sono stata spesso sulle impalcature a controllare i lavori. Però non so se è la stessa cosa. Ma dove hai intenzione di portarmi?»

«Se sulle impalcature non ti gira la testa, non avrai problemi ad andare in montagna. In ogni caso, ho portato con me una corda, per ogni evenienza. Quanto alla tua domanda Michele ha intenzioni bellicose. Ma poi dipenderà da te, dalla tua voglia e dalla tua stanchezza...»

Luce avrebbe voluto ribattere che era molto più giovane e allenata di lui, che a Parigi faceva un'ora di corsa ogni mattina e che quindi pensasse semmai alla sua, di stanchezza. E che la corda, quindi, Marco poteva tranquillamente legarsela al collo e impiccarcisi. Ma, a parte un impercettibile brontolio, la sua bocca non emise alcun suono.

Michele era un bel tipo sulla cinquantina. Capelli lunghi, brizzolati. Vestiva con un elegante mantello di lana grigia e aveva pantaloni di velluto a coste alla zuava, con calzettoni ricamati di lana spessa, color crema. Ai piedi calzava pesanti scarponi di cuoio con i lacci. Sembrava uscito da un album di fotografie di montanari del secolo scorso.

Davanti a una tazza di caffè bollente, raccontò brevemente ai due ospiti la sua vicenda familiare: era figlio di un lombardo e di una nobildonna ladina; i suoi nonni si erano trovati, durante la Grande Guerra, a combattere su fronti opposti: dalla parte del re d'Italia il nonno paterno, nelle file dell'esercito austroungarico quello materno. In particolare quest'ultimo aveva preso parte alla difesa di Cima Bocche, respingendo gli assalti degli italiani. Aveva sicuramente sparato su Antonio e Titino, pensò subito Marco.

Michele viveva a Milano, dove lavorava nel campo dell'industria tessile, ma le vacanze le aveva da sempre trascorse a Moena, nella bella e luminosa casa materna. Fin da ragazzino si era entusiasmato alle vicende della Grande Guerra; aveva battuto palmo a palmo, insieme ad altri appassionati, la zona del fronte dolomitico recuperando dal terreno un'ingente quantità di reperti bellici: elmetti, divise, fucili, mitragliatrici, pallottole, baionette, schegge di bombe, gavette, binocoli e tanto altro. Negli anni la sua collezione si era arricchita con altri pezzi rari acquistati in Italia e all'estero. Aveva poi deciso di donare tutto il suo prezioso materiale al Comune, per realizzare una mostra permanente sulla guerra in montagna, meta di migliaia di visitatori ogni anno. Michele aveva al suo attivo anche numerose pubblicazioni di vicende belliche ed era uno dei massimi conoscitori delle tragiche vicende di Cima Bocche.

Finita la colazione, Luce e Marco si sistemarono nel fuoristrada di Michele.

«Qui oggi» spiegò Michele, mentre guidava per i ripidi

tornanti che da Moena portano al Passo San Pellegrino, «siamo in territorio italiano, ma non dobbiamo dimenticare che queste terre all'inizio del secolo scorso appartenevano all'Impero austroungarico, che era uno Stato multietnico e che i ladini, la gente di qui, son morti in montagna per difendere la propria patria, l'Austria, contro l'invasione da parte del Regno d'Italia. La guerra fu sentita dagli abitanti di questi luoghi come un evento innaturale, fratricida. Prima di essa tra le popolazioni di confine, tra i fassani e i veneti della valle di Primiero, c'erano conoscenza, familiarità e amicizia. Tra i ladini non mancava sicuramente qualche irredentista. Ma la stragrande maggioranza di loro si trovava benissimo sotto l'amministrazione illuminata di Vienna e, dopo il conflitto e l'annessione all'Italia, ha guardato sempre con diffidenza i nuovi arrivati, che peraltro poco e nulla fecero per sostenere le popolazioni ladine. Il fascismo, con la sua dura politica di assimilazione che sconfinava spesso nella repressione, finì per acuire la distanza. Oggi con l'Unione europea la situazione è migliorata. I giovani pensano europeo, ma le radici non si possono mai rimuovere...»

«È così Michele» intervenne Marco. «La memoria, o meglio, le memorie vanno preservate, conosciute e rispettate. Ma dimmi: oggi che giro facciamo?»

Michele sorrise.

«È il vostro primo giorno di montagna» rispose, «dovete acclimatarvi, non voglio sfinirvi e farvi riempire i piedi di vesciche. So dell'interesse della signorina a visitare l'obelisco della Val Minera, attorno al quale era situato il cimitero di guerra della brigata Tevere. Saliremo per una carrareccia in macchina fino a Passo Lusia e da lì a piedi sino a Malga Bocche, poco meno di un'oretta, con il sentiero quasi tutto in piano. Da Malga Bocche, invece, comincerà una salita abbastanza impegnativa che, in un paio d'ore, ci porterà ai prati sotto Cima Bocche. Da lì, in discesa, con una lunga deviazione arriveremo all'obelisco.»

Luce domandò: «Si sa che fine hanno fatto i corpi dei soldati sepolti in Val Minera?».

«So per certo che, dopo la guerra, il cimitero era rimasto per molti anni in totale stato di abbandono. Ho chiesto notizie a un mio amico, uno storico locale, che vive in Veneto, nell'agordino, al di là del Passo San Pellegrino. Entro stasera dovrebbe farmi sapere qualcosa» rispose Michele. Poi guardò Luce e Marco con aria sorniona: «Se avete domande fatemele pure fino a Malga Bocche. Dopo, quando comincerà la salita, vi consiglio di risparmiare il fiato».

In realtà, i pensieri accorati, l'eccitazione per quel viaggio nella memoria, uniti alla bellezza selvaggia del panorama verso la Valle del Travignolo che li attendeva una volta arrivati a Passo Lusia, provocarono nella coppia di escursionisti una naturale predisposizione al silenzio, ben prima di arrivare alla Malga Bocche.

Il sentiero, in quella stagione normalmente molto frequentato, era quasi deserto. Evidentemente il tempo incerto, con la minaccia di temporali pomeridiani, aveva scoraggiato gli escursionisti.

Mentre i tre camminavano senza parlare, udirono provenire dal bosco situato alla loro destra un notevole frastuono, sbattimento di sassi e rami che si spezzavano. Improvvisamente, tre metri davanti a loro, sbucò un enorme cervo, che con un balzo maestoso attraversò il sentiero dileguandosi rapidamente tra gli abeti, i larici e i cirmoli.

«Qui siamo» spiegò Michele, «nella riserva naturale di Paneveggio. E quando non c'è troppa gente in giro fare incontri del genere non è così raro...»

In anticipo di un buon quarto d'ora sulla tabella di marcia, scavallarono una piccola altura: da lì era visibile il denso filo di fumo che si alzava dal comignolo di pietra della vecchia malga, distante ormai poche decine di passi.

Arrivati sul piazzale erboso, pieno di tavolini e panche in legno, si aprì davanti ai loro occhi un panorama sensazionale sulle Pale di San Martino, che si ergevano compatte sullo sfondo, serrando la valle con un alto muro roccioso, i prati erbosi e scoscesi di Malga Juribello e, in fondo, il Passo Rolle. Il Cimone della Pala, con il suo aspetto di gigante di pietra, aveva il capo coperto di nuvole scure.

«Bevete, prendete un caffè e se volete mangiate qualcosa. Poi ci muoviamo subito» li esortò Michele fiutando l'aria, «perché secondo me oggi prendiamo l'acqua...»

«E vabbe', pazienza... che cosa vuoi che sia un po' d'acqua?» commentò Luce.

«L'acqua non è niente, basta che non vengano giù fulmini...» replicò la guida.

Luce guardò Michele e Marco con una certa apprensione. Poi tacque, rassegnata. I due uomini che l'accompagnavano avevano esperienza di montagna, lei no. Non aveva alcuna intenzione di fare la figura della principiante ciarliera. Quindi si mise di buon grado in coda alla piccola fila indiana, che iniziava a salire per i ripidi tornanti. Nel giro di un quarto d'ora, Luce non riusciva più a tenere il ritmo di marcia, lento ma implacabile, impresso da Michele. A dire la verità, anche Marco arrancava un po', sbuffando ritmicamente ogni due o tre passi. Tuttavia sembrava lei quella più in difficoltà. Nonostante tutto, strinse i denti e decise di proseguire, anche se i suoi polmoni avrebbero assai gradito una sosta per riprendere fiato.

«In montagna» le gridò dall'alto Michele, che era più avanti di circa cento metri, «ognuno ha il suo passo. Non fare sforzi inutili, Luce, nel tentativo di raggiungermi. Trova il tuo ritmo, la tua cadenza. Collega il passo al respiro e procedi lenta, ma con decisione. È una questione di allenamento, di fiato, ma anche di testa. Appena avrai trovato il tuo passo, vedrai, non ti fermerà più nessuno.»

Luce guardò Michele in cagnesco e ancor più in cagnesco Marco, che si era fermato ad attenderla in cima a un tornante, con un sorrisetto di compiacenza sulle labbra. Nonostante il vento fresco, la donna sudava come una fontana.

«Togliti la giacca a vento» le suggerì Marco, «la rimetterai quando ci fermiamo, altrimenti tutta sudata come sei, appena ti raffreddi ti viene un colpo.»

Luce obbedì, più per concedersi una pausa, che per assecondare l'amico. Respirò a pieni polmoni e poi, più leggera, riprese il cammino, fin quando non ebbe raggiunto Marco che l'aspettava seduto su un grosso masso.

«Pensa a quanta fatica stiamo facendo ora» le disse ansimando leggermente. «E noi abbiamo scarpe leggere e impermeabili di Goretex, i pile antivento, le giacche tecniche... Pensa invece a quei poveri soldati con i cappotti di lana ruvida, che si inzuppavano con la pioggia, con decine di chili sulle spalle e il fucile imbracciato, gli scarponi di cuoio duri, pesantissimi e poco resistenti all'acqua, che questi sentieri se li facevano di corsa, anche con la neve, mentre il nemico dall'alto riversava sopra le loro teste una tempesta di pallottole e di bombe...»

Luce, paonazza in volto per la fatica, annuì con convinzione.

A mano a mano che salivano, gli alberi si diradavano lasciando il posto a ciuffi d'erba, muschio e piante con fiori piccoli e coloratissimi. Finalmente la coppia raggiunse la loro guida, Michele, che stava contemplando assorto il profilo dei monti. «Quello lì» disse indicando una cima scura sulla destra, «è il famoso Osservatorio. Subito a sinistra la Cima Bocche. Non è nemmeno una bella montagna, è brulla e squadrata, di roccia nera vulcanica, niente a che vedere con le Dolomiti classiche, come le Pale di San Martino o le Torri del Vajolet, che al confronto sembrano arabeschi. Da qui e da Cima Juribrutto, quella in secondo piano a destra, partivano i vani assalti degli italiani. Ancora qualche metro e arriveremo al lago. Da lì la strada all'obelisco è lunga e sconnessa, ma è in discesa.»

Dal lago la mole scura e sassosa di Cima Bocche, che si specchiava nell'acqua verde, sembrava ancora più inaccessibile e minacciosa. «Un pezzo di Carso trasportato nelle Dolomiti» commentò Michele. Pareva davvero impossibile che a dei poveri disgraziati fosse ordinato di lanciarsi di corsa, all'attacco, gridando «Avanti Savoia!», lungo quei crinali scoscesi e rocciosi.

Il sentiero costeggiò per un lungo tratto la riva del lago, poi voltò decisamente verso destra, in leggera discesa.

«Fate attenzione» li ammonì Michele «che questa è una zona poco frequentata e piena di viperelle.»

Luce protestò con decisione: «Vipere? Me lo dovevate dire prima, non sarei venuta: io ho il terrore dei serpenti, specie di quelli velenosi!».

«Le vipere» rispose ridendo Michele, «sono animali timidi e per niente aggressivi. Certo, se uno li pesta, reagiscono. Del resto, vorrei vedere: stai lì a prendere il sole tranquilla e qualcuno ti piomba sopra. Penso che morderesti anche tu, Luce...»

Per nulla convinta, la donna proseguì sul sentiero prato-so scrutando attentamente per terra e alzando e scuotendo i piedi in modo esageratamente rumoroso. Sembrava una sciamana che si cimentava nei passi di un'antica danza tribale. Marco la guardò, ridacchiando.

Superata una piccola valletta, che mostrava ancora evidenti tracce di postazioni, camminamenti e trincee, il sentiero si innestò su una mulattiera militare, costituita – come un'antica strada romana – da lastre di roccia e sassi levigati.

«Quando non combattevano» spiegò Michele, «quei poveri soldati erano comandati ai lavori pesanti, come scavare trincee e costruire strade come queste, spaccando le pietre a colpi di martello e trasportandole con le carriole.»

La mulattiera scendeva rapidamente, con un paio di tornanti, lungo il fianco di una altura rocciosa. Sotto di essa, abbastanza riparato, vi era un pianoro erboso. Al centro si ergeva un obelisco quadrangolare di porfido, alto circa cinque metri.

«Eccoci arrivati. L'obelisco fu edificato qui dalla brigata Basilicata, in memoria del sacrificio dei fanti della Tevere, ai quali era venuta a dare il cambio dopo mesi e mesi di aspri combattimenti. Qui c'era il cimitero di guerra e qui, Luce, è stato sicuramente sepolto il tuo bisnonno. Non posso affermarlo con sicurezza, ma la fucilazione avvenne nei paraggi, probabilmente nei pressi di quell'enorme masso.»

Luce guardò verso il masso indicato da Michele e provò un brivido. I tre si fermarono davanti al monumento in religioso silenzio. A Marco venne spontaneo porgere la mano a Luce, che la strinse nella sua.

Non significa nulla, si ripeté mentalmente lei, scacciando via un pensiero piacevole, ma dai risvolti preoccupanti. È un gesto di solidarietà e amicizia. Ma il cuore le pulsava forte.

Guardò Marco e dall'espressione concentrata ebbe l'impressione che stesse pregando. Pregando per Antonio, sicuramente, per suo nonno Titino, per i tanti caduti di queste battaglie e per tutti i caduti di tutte le guerre. Forse anche per Lupattelli e per il generale Pintozzi? Lei questo proprio non lo avrebbe potuto tollerare... Però anche una preghierina per nonna Nietta, che il padre non l'aveva mai conosciuto, avrebbe dovuto senz'altro dirla. E, chissà, se in fondo Marco non stesse pregando anche per loro due, per la loro felicità... Felicità per ciascuno di loro, presi singolarmente, o felicità da vivere in comune? In quel momento in cui erano mano nella mano, la differenza non aveva grande importanza...

Lo squillare del cellulare di Michele sottrasse Luce a quella sorta di incantamento.

«Sì, sì... Ti ringrazio, sei stato molto gentile ed efficace, come al solito» disse Michele al suo interlocutore telefonico. Poi, rivolto verso i due, spiegò: «Era il mio amico storico di Agordo. Ha consultato i documenti. Dopo la guerra questo cimitero fu praticamente dimenticato e cadde in rovina. Anche l'obelisco crollò e fu restaurato nel 1995. Solo nel 1933 qualche mano pietosa si dedicò a traslare i resti dei caduti, sepolti senza bara sotto pochi centimetri di terra e ormai irriconoscibili, a Rovereto, insieme alle salme dei caduti esumati dai cimiteri di Paneveggio e Val Casoni. Le spoglie furono poi trasferite nell'ossario del grande sacrario monumentale di Castel Dante, dove oggi trovano sepoltura ventimila vittime della guerra, di diverse nazionalità».

«E, dunque, il corpo del bisnonno dovrebbe trovarsi lì?»

«È molto probabile» confermò Michele, «anzi, direi quasi certo.»

«Ci potremmo passare domani, è di strada per andare a Roma» propose Marco a Luce. La giovane donna, che stava fotografando l'obelisco e il paesaggio circostante, gli fece un gesto con la mano, come per dirgli: ne parliamo dopo.

Marco abbozzò.

«Michele» chiese ancora Luce, «ma tu del generale Pintozzi hai mai sentito parlare?»

«Eccome!» rispose la guida. «Lo chiamavano il "generale Morte". Era talmente amato e benvoluto che, qualche anno dopo la guerra, mentre viaggiava in treno fu riconosciuto da alcuni ex soldati. E il suo corpo senza vita fu ritrovato qualche giorno dopo in una cunetta accanto ai binari... Caduta accidentale, si disse. Ma nessuno ci credette.»

Qualche goccia cominciò a cadere dal cielo plumbeo.

«Direi di andare, anche se ormai una bella lavata secondo me non ce la toglie nessuno...» disse Michele con il suo bel sorriso aperto. Luce e Marco raccolsero delle margherite e degli altri piccoli fiori dal prato e li posero alla base del masso delle fucilazioni. Poi si mossero.

A poche centinaia di metri da Malga Bocche, venne giù una pioggia che Dio la mandava. I tre, zuppi e infreddoliti, si ripararono all'interno dell'edificio, che nei mesi estivi fungeva anche da bar e ristorante.

«Vin brulé per tutti» ordinò Michele.

Rimasero a parlare per un'ora o due, in attesa che spiovesse. Michele era una miniera di aneddoti divertenti, ma in quanto a battute e storielle anche Marco non scherzava. Però la cosa che più premeva in quel frangente a Luce era che lui aveva allungato di nuovo la mano verso la sua e gliela stesse tenendo stretta sotto il tavolo.

Una stanza sola

Il fuoristrada scaricò Luce e Marco nei pressi della piazza principale di Moena.

«In estate abbiamo anche noi la ZTL e non posso accompagnarvi fino a casa» disse con la sua voce gioviale Michele. E aggiunse: «Se volete fare altri giri in zona sono a disposizione».

Luce domandò incuriosita: «Che altro si potrebbe vedere?».

«Se volete rimanere in zona di guerra c'è, intanto, da vedere il Passo San Pellegrino, con la sua chiesetta e l'antico ospizio, dove si trovavano le retrovie italiane. Da lì si può salire al Passo delle Selle, dove erano le postazioni austriache, e scendere in Val San Nicolò, oppure, faticando un bel po' di più, al Passo delle Cirelle, che mette in comunicazione il San Pellegrino con la Valle del Contrin, ai piedi della parete sud della Marmolada. Lo spettacolo è impagabile. Ma sono più di mille metri di dislivello...»

«E sulla Cima Bocche, si può salire?» chiese Luce.

«Il sentiero dal lago è lungo e faticoso. La via più agevole è una vecchia ferrata, la ferrata del Gronton, facile, ma molto esposta. In quel caso servono cordini, moschettoni, imbragatura e casco.»

«Una ferrata? Non nego che mi piacerebbe provare, almeno una volta. E poi salire sull'inespugnata Cima Bocche ha per me un richiamo particolare» rispose la donna.

«Magari l'anno prossimo» interruppe Marco, tirandola per un braccio. «Dobbiamo passare a Rovereto e poi tornare a Roma. Tra un paio di giorni Luce deve essere a Parigi e da lì volare ai Caraibi.»

«Vai da sola ai Caraibi? E tu Marco non l'accompagni?» Michele guardò in rapida sequenza prima l'una e poi l'altro con aria stupita.

Marco, imbarazzato, sentì il dovere di dare una risposta, una qualunque. Optò per la più scontata, che era anche la più vera.

«No, io non l'accompagno. Non stiamo mica insieme…»

«Ah, no?» rispose Michele ridendo. «Sembrerebbe proprio il contrario… Vabbe', vi saluto, a presto!»

Mentre Michele si allontanava, Luce si divincolò bruscamente dalla presa di Marco.

«Chi ti ha detto che intendo partire domani?» lo fulminò con lo sguardo.

Marco allargò le braccia. Aveva l'espressione confusa.

«Ma Luce, hai il biglietto per Parigi…»

La donna sorrise: «Tu fatti gli affari tuoi. Telefona piuttosto a Michele e chiedigli se è libero nei prossimi giorni. Domani, che è ancora tempo incerto, potremo andare al San Pellegrino. Dopodomani, invece, le previsioni danno sereno. Quindi sarà una giornata ottima per attaccare la ferrata di Cima Bocche. Poi basta luoghi di guerra. Vorrei salire in cima alla Marmolada e, poi, vedere da vicino le Torri del Vajolet. Magari salirci sopra. Come si chiama quel tuo amico rocciatore?»

«Germano. Germano Rasom. Per me è come un fratello. Lo conosco da quando eravamo ragazzi. È un alpinista fortissimo e una guida molto esperta.»

«E ci porterebbe su, tutti e due, in cima?»

«Germano ti porta dappertutto, anche in Paradiso. A costo di tirarti su appesa come una lonza. Si potrebbe fare la Stabeler, la più alta delle Torri, che ha una via facile, di terzo grado, per principianti... È una via bellissima, aerea, sarebbe davvero emozionante.»

Luce annuì con gli occhi che le brillavano: «Ci sto! Vada per la Stabeler».

Marco, incredulo, provò ancora a ribadire: «E Parigi? E Max? E i Caraibi? E Gérard? E poi» aggiunse, «non sappiamo nemmeno se c'è disponibilità delle stanze, siamo nel pieno della stagione estiva e abbiamo prenotato solo per due notti».

Luce allargò le braccia, con un'espressione disperata. Poi sbottò: «Sei proprio cattolico dentro, mio caro Marco. Certi segnali ti sfuggono, proprio non riesci a coglierli. Davvero non hai capito? Al diavolo i Caraibi! Io voglio, desidero, intendo, pretendo restare qui. In montagna. E soprattutto: con te. E faremo altri giri, il Passo San Pellegrino, la Marmolada e saliremo anche sulle Torri del Vajolet, con il tuo amico Germano o anche senza di lui!».

Marco sembrava un pugile suonato. Non trovò di meglio che farfugliare: «No, senza Germano sulle Torri non si sale... È troppo pericoloso...».

Ma Luce non fece caso a quei borbottii indistinti, si avvicinò all'uomo, gli sfiorò le labbra con le sue, sussurrando: «Non mi preoccuperei più di tanto delle camere... Qualche cosa per dormire troveremo. Da stasera, poi, di stanza ce ne basta una sola».

Passo San Pellegrino, 4 maggio 1917

Dopo più di un anno di guerra in questi luoghi, la brigata Tevere è stata destinata dagli alti comandi al fronte isontino. Dicono che chi ha combattuto sulle Dolomiti è stato un privilegiato. Guerra sì, ma all'acqua di rose. Dicono ancora che l'inferno, quello vero, lo vedremo sul Carso.

Partiremo domani, in treno, da Feltre dopo una lunga marcia a piedi. È la mia ultima notte qui, tra queste guglie a cui mi sono affezionato, che chiamo ormai per nome, come le stelle. Il futuro è incerto, tranne che per un aspetto. Non sarà qui la mia tomba. Ma chissà se rivedrò mai questi luoghi e queste cime.

Dopo aver fatto l'appello e aver sollecitato gli uomini a preparare in maniera corretta gli zaini e a riposare prima del faticoso viaggio, sono uscito all'aperto, mi sono seduto su un masso e ho acceso la pipa. Il buio della sera non era così fitto. E la luce delle stelle lasciava intravedere il profilo aguzzo delle cime. Da quando ho conosciuto Susanna, non posso fare a meno di pensare a lei quando scruto le stelle: mi ricordano i suoi occhi puri e luminosi. Ma non le ho guardate, stanotte. Ho tenuto lo sguardo fisso più in basso, sulle montagne.

Diffondono un senso di immutabilità, di eternità, di pace infinita.

Dicono che Dio abbia collocato la sua sacra dimora sul monte e abbia creato le cime, alte e inaccessibili, come luogo supremo di bellezza e incanto. Almeno finché non vi giunga l'uomo a guastare tutto, con la sua stoltezza, le sue guerre e le sue iniquità.

Nota dell'autore

Per quanto di episodi analoghi se ne trovi, purtroppo, più di una traccia nella dolorosa storia della Grande Guerra, non risultano casi di giustizia sommaria nella brigata Tevere durante la permanenza al Passo San Pellegrino. Il diario del tenente non è mai esistito ed è frutto di immaginazione. Non esattamente così la rimanente parte del libro.

Un grazie di cuore allo Stato Maggiore dell'Esercito, a Marco, a Mirella e a Michele per i preziosi consigli e a Cristina Cassar Scalia per l'amichevole consulenza sui dialoghi in siciliano.

Finito di stampare nel mese di maggio 2023
presso Grafica Veneta S.p.A. – Via Malcanton, 2 – Trebaseleghe (PD)
Printed in Italy